書下ろし

花舞いの剣

曲斬り陣九郎④

芦川淳一

祥伝社文庫

目次

谷中
不忍池
浅草
吾妻橋
蔵前
小石川
湯島天神
神田明神
神田川
柳橋
竪川
両国橋
隅田川
江戸城
小名木川
木挽町
尾張町
山下町
仙台堀
深川
三十間堀
永代橋
増上寺
北
西
東
南

浜町堀界隈
新シ橋
柳原通り
神田川
豊島町
日本橋岩本町
源兵衛の屋敷
浜町堀
柳橋
西広小路
米沢町
薬研堀
両国橋
東広小路
尾上町
大川
相生町三丁目
呉服問屋「高城屋」
相生町四丁目
からけつ長屋
亀沢町
松井町
竪川
二ツ目之橋

「花舞いの剣」の舞台

第一章　逃げる男

一

文政《ぶんせい》七年（一八二四）五月二十八日、空はよく晴れて、川開きにはもってこいの日だった。

両国《りようごく》では、この日から八月の二十八日までの三カ月間、大川《おおかわ》に涼《すず》み舟を浮かべての遊山《ゆさん》が許される。

初日の二十八日には、花火が見られることもあって、大川の両岸や橋の上、さらに舟の上は、たくさんの人々によって埋めつくされた。

からけつ長屋の面々は、大家《おおや》の喜八《きはち》に誘われて、陽が暮れる前から舟に乗っている。広い舟だが、屋根はない。

長屋は正しくは喜八店《だな》というのだが、住人に金がなく、あってもすぐに使ってしまい、年中ぴいぴいしているので、いつのころからか、からけつ長屋と呼ばれている。

「木暮《こぐれ》の旦那よう、俺はさ、死ぬまでに一度でいいから、舟遊びをしてみてえと思ってたんでやすよ」

与次郎《よじろう》売りの東吉《とうきち》は、横に張り出した顎《あご》に手を当てて陣九郎《じんくろう》を見ると、感に堪《た》えない声を出した。酒がすでにまわり始めているようだ。

与次郎とは、弥次郎兵衛《やじろべえ》ともいう子どもの玩具《がんぐ》だ。

屋形船を借り切って舟遊びをするのは、ずいぶんと金のかかることで、かなりの分《ぶ》限者《げんしゃ》でないと出来ないことだった。

「俺も、乗るのは初めてだ。喜八のおかげだな。この酒もありがたい」

陣九郎は、猪口《ちょこ》の酒をぐびりと呑んだ。

木暮陣九郎は、歳のころは三十ほど、中背で痩軀《そうく》、着流しである。

月代《さかやき》が伸び、無精髭《ぶしょうひげ》がうっすらと生えているが、むさ苦しさは感じられない。姿勢がよく、端然とゆるみないたたずまいだからだろうか。

細面《ほそおもて》に二重の目が大きく、笑い皺《じわ》が深いせいか、二枚目だが愛嬌がある。

「ありがてえことに変わりはねえんだが……どうにもなあ」

博奕《ばく》打《ち》ちの辰造《たつぞう》は、痩せた顔は動かさずに、隣に浮かんでいる舟を横目で見た。痩せて色が黒いので牛蒡《ごぼう》の辰と呼ばれている。

隣の舟には、商家の旦那風が三人乗っており、同じ数の芸妓が酌《しゃく》をしている。大川筋には屋形船がひしめき合っており、手を伸ばせば隣の舟に手が届きそうなほどだ。

「綺麗どころまでも連れてきてくれる大家なわけがないだろ。これだけだって、俺たちには御《おん》の字だぜ」

東吉が声をひそめて、たしなめる。

「自分も長屋の連中も、これまで大病もせずにきたことを祝って、舟遊びを奢《おご》るといってたが、豪勢なもんだぜ。ちょいと気味が悪いくらいだぜ」

鼠《ねずみ》のような顔をしかめて、納豆《なっとう》売りの金八《きんぱち》がいった。

大家の喜八は、舟の前のほうで酒を呑んでいる。酌をしているのは、八卦見《はっけみ》の三蔵《さんぞう》だ。なにごとにも如才《じょさい》ない男で、小太りの体をこまめに動かして喜八の面倒を見ている。

喜八は、眠そうなまぶたの分厚い男で、表情がよく分からない。舟遊びを楽しんでいるのかどうかも定かでなく、つまらなそうにも見える。

喜八は、表通りで下駄《げた》屋を営んでいる。

「ま、なんだっていいさ。こうしてただで舟に乗って、ただで花火を見られて、ただで酒が呑めるなんてこたあ、滅多にないこった。喜八の気が変わらねえうちに、しこたま呑んで食ってやろうぜ」

振《ふ》り売りの磯次《いそじ》は、言葉に違《たが》わず、忙《せわ》しく箸《はし》を動かし、猪口に酒を注《つ》いでは呑んでと、忙《いそが》しそうだ。

もっぱら魚を売り歩いている磯次は、偶然なのか、目がぎょろりと飛び出て魚のような顔だ。

「そんなに忙しなくては、楽しいものも楽しくないのではないか」

陣九郎が笑っていった。

「へへっ、あっしは、もともと忙しない性分なんでやすよ」

磯次は、取り合わない。

やがてあたりに夕闇が垂れこめ、花火が打ち上げられ始めた。

玉屋《たまや》は、両国橋の上流に、鍵屋《かぎや》は下流に陣取り、花火を打ち上げて華やかさを競った。例年五月二十八日の川開きの日から八月二十八日まで、それはつづく。

ぱんとはじける音がしたかと思うと、シュルシュルと空に玉が昇っていき、空に花が咲く。それに少し遅れて、どーんという大きな音が聞こえてきた。

「玉屋ーっ」

鮮やかな傘が天空に開き、声が飛ぶ。

「鍵屋ーっ」

轟音《ごうおん》が響き、頭上に燦然《さんぜん》と大輪の花が咲く。

玉屋と鍵屋の競演は、玉屋のほうが圧倒的に優勢だ。

花火を愛《め》で、声援を送り、肴《さかな》をつまみながら酒を呑む。

大川筋の川開きの日は、いつものように過ぎていった。

花火の打ち上げも終盤にさしかかったころのことである。

「おっと！」

いきなり大きな声がした。なにごとかと見ると、隣の舟に一人の若い男が飛びこんだところだった。

細面で色が白く、切れ長の目をしており、なかなかの二枚目だ。

若い男は、恰幅のよい三人の男と芸妓のあいだをどたどたと走るものだから、舟はぐらぐらと揺れて、芸妓が悲鳴を上げる。

「お邪魔して、ごめんなさい」

若い男は、謝《あやま》りながら、舟の縁《へり》まで達した。

「待ちやがれ」

また大声がした。

いかつい顔の破落戸《ごろつき》風の男で、さらにそのうしろに同じような風体《ふうてい》の男が二人つづいている。

若い男を追っているようで、向こうの舟から同じように隣の舟に飛び移った。

「待つもんか」

若い男は、縁を蹴《け》ると、陣九郎たちの乗っている舟に向かって跳躍した。

どたんと音がして、舟が大きくかしぐ。

「ば、莫迦《ばか》野郎！」

「なんだてめえは」

徳利が何本か倒れ、辰造と東吉が口々に怒鳴る。

「すみません」

若い男は詫《わ》びながら、舟を横断し、向こう側の縁までいくと、そのまた向こうの舟に飛び移っていった。

すると、破落戸たちが飛び移ってきた。まず、眉間《みけん》に稲妻のような傷のある男が飛び移ってきて、そのあとからつぎつぎに二人の男たちが入ってきたものだから、あわや転覆しそうになる。

「わわっ」

最後の一人が踏ん張りきれずに、後ろ向きに川に落ちた。

陣九郎たちも、船底にへばりついたり、縁に手をかけていなければ、落ちてしまっただろう。

「なにすんだよ」

羅宇屋《らうや》の信吉《しんきち》が馬面《うまづら》の口から泡《あわ》を飛ばしたが、舟に乗りこんだ二人は、若い男のあとを追って、乗り移っていった。

濡《ぬ》れ鼠の男が這《は》い上がろうとしたが、

「乗ってくるな」

金八が酔眼に怒りをたぎらせて額《ひたい》をこづくものだから、

「畜生《ちくしょう》」

悪態をついて、舟のまわりを泳ぎ、すでに若い男も破落戸二人もいない舟に乗ろうとした。

だが、その舟でも乗らせてもらえず、しかたなく向こう側の川岸に向かって泳いでいった。

若い男は、舟を乗り移っていき、向こう側の川岸に辿《たど》り着いたようだが、暗闇に紛《まぎ》れて、姿は見えない。川岸に降り立つ破落戸たちのほうは、かろうじて花火の光で見ることが出来た。

「いってえ、なんだったんですかね」

喜八の側《そば》を離れてやってきた三蔵が陣九郎にいった。

「さあてな……若いのが追いかけられていたことしか分からない」

「様子のいい男でやしたね。間男でもしたんでやしょうか」

東吉がしたり顔でいう。

「金じゃねえのか。おおかた博奕で負けがこんで、金を借りたはいいが、それが返せねえってところじゃねえのか」

辰造の言葉に、

「それはお前のことだろ」

金八がまぜっかえす。

「俺は、踏み倒したことはねえよ」

「身ぐるみはがれたことは、よくあるんだろ」

「よくはねえ」

「そらみろ、あるんじゃねえか」

「た、たまにだ」

辰造と金八がやりあっているのを尻目に、

「追手は殺気立っていたからな。無事に逃げおおせればよいのだが」

陣九郎は、眉をひそめた。

「そんなことより、花火が終わっちまいやすよ」

三蔵の声に最後の一発のはじける音が重なった。

二

川開きの花火見物を喜八にさせてもらってから、二日後。

木暮陣九郎は、いつものように、両国広小路で、曲斬《きょくぎ》りの芸を見せていた。

まずは、いつもと同じく茶碗を頭上に放り投げる。

「たあっ」

掛け声とともに、刀を抜いたかとみるや、つぎの瞬間にはまた鞘《さや》に納める。

茶碗はなにごともなく地面に転がり、見物人に失望の色が浮かぶ。

「なんだよ」

見物人の若者がくさした途端に、茶碗はパカッと真っ二つに割れた。

どよめきが沸き起こり、惜しみない拍手が送られる。

行き交う人が多く、初見の客は少ないのだが、二度目、三度目に見る客でも、この芸は飽きないようだ。

素早く、茶碗自身が切られたと思わないままに落下させねばならない。もちろん、茶碗にそのような意識はないのだが。

もし人が腕を斬られた場合、ほんのしばらくは痛さをまったく感じない……そのような腕が要求される芸である。

つぎは、宙に飛ばした骰子《さいころ》を、細かく斬って雹《ひょう》のように降らせた。

これもやんやの喝采《かっさい》を受けた。

さらに、木の葉斬りにとりかかる。これは、会得したばかりの芸で、束ねた木の葉を頭上に放り投げ、刀を何度も振る。すると、木の葉が細かな欠片《かけら》となって、ひらひらと舞い落ちるというものである。赤く色づいた葉を斬れば、さらに見物となるだろうが、それは秋になるまで待たねばならない。

木の葉斬りが終わり、拍手が起きたとき、花びらが一枚、ひらひらと風に飛んで、陣九郎の頭上に落ちてきた。それは白い花びらだった。

った。


「むん」

陣九郎は、刀の鯉口《こいぐち》を切って抜くと一閃させ、鞘に戻した。

花は中空で真っ二つになり、はらはらと舞い落ちてきた。

木の葉よりも数倍も柔らかい花びらを斬ったのであるから、またも喝采が巻き起こった。

「花舞いの剣」

陣九郎は、咄嗟《とっさ》にこの曲斬りの命名をした。

最後に行なう芸はというと……。

見物人の中で血の気の多い男を選び、用意した団栗《どんぐり》を投げつけさせる。少しでも、陣九郎の体に団栗が当たったら、二朱を進呈する。

これには、おおくの若い男が挑もうと名乗りを上げる。

この日は、力の強そうな大男が出てきた。

筵《むしろ》に団栗を置き、陣九郎はそこから二間（約三・六メートル）離れて立つ。

陣九郎は、腰に差した大刀《だいとう》から小柄《こづか》を抜くと構えた。投げられる団栗から身をかわしたり、小柄ではじくのである。

「二朱はもらったぜ」

大男は、にやりと笑うと片手いっぱいに摑《つか》んだ団栗を一度で陣九郎に投げつけた。

団栗の数は、十ほどであろうか、それが一斉に陣九郎めがけて飛んできた。

普段、同じように一度に沢山の団栗を投げつけられても、せいぜいが五つくらいだ。十もの団栗は初めてだった。

だが、陣九郎はそのすべてを半身にして避《よ》けたり、小柄ではね飛ばしたりした。

「お、おい、当たったか」

「いやあ、当たってなかったぜ」

見物客たちは、陣九郎がすべての団栗をかわしたことを確認し合った。

「ちっ、面白くねえ。もう一度やらせてくれ」

大男は、悔しそうだが、

「そうはいかねえよ。つぎは俺だ」

敏捷《びんしょう》そうな中間《ちゅうげん》が、うしろで待っていた。

大男は、仕方なくその場を離れた。離れながら、置かれた笊《ざる》の中に、三文の金を放り投げた。当てられなかったときは、いくばくかの金を投げ入れることになっているのである。

「さあて、俺の番だ」

中間が団栗を摑もうと手を伸ばしたとき、

「待ちやがれ」

「もう逃げられねえぞ」

口々に叫びながら、破落戸風の男が二人、人垣をかき分けて入ってきた。

「ど、どこだ、どこに消えた」

「あの野郎」

男たちは、丸くなった人垣を血走った目で見まわす。

団栗を持った中間は、自分と陣九郎のあいだに割りこんだ破落戸に文句をいいたそうだが、破落戸たちの剣幕に、なにもいえずにいた。

（おや……？）

陣九郎は、破落戸たちの顔に見覚えがある気がした。

中でも、真っ先に駆けこんできた男を、つい先日に見た覚えがある。

眉間に稲妻のような傷があるのを見て、どこで見たか思い出した。

（また誰かを追いかけているのか。前のあの男はどうしただろう）

陣九郎がふとそう思ったとき、

「いやがった」

稲妻傷が叫ぶと、人垣をかき分けて外へ出ていった。

「吉蔵《きちぞう》兄貴、また中に入ったぜ」

外から声がした。すると、見覚えのある若い男が人垣の内側に入ってきた。舟に乗り移りながら逃げていた、あの細面で色白の二枚目である。

「く、くそっ」

人垣の内側に残っている破落戸一人を目にして、若い男は血の気を失った。

追手は三人おり、最初、人垣の内側に入ったのは二人で、外に一人残していた。吉蔵と呼ばれた稲妻傷と、二日前に舟から落ちた男が、人垣をかき分けて内側に入ってきた。

見物客たちは、なにが起こるのかと期待半分、怖さ半分の表情で見ている。

「おとなしく俺たちとくるんだ、文太郎《ぶんたろう》」

吉蔵が文太郎と呼ばれた若い男の肩に手をかけようとしたとき、文太郎は身をひねって手を避けると、陣九郎に向かって突進した。

素早く陣九郎のうしろにまわりこみ、陣九郎を楯《たて》にすると、

「お、お侍さん、お助けください。わ、わたしは、こいつらに殺されます」

必死な声でいった。

「往生際《おうじょうぎわ》の悪い奴だぜ。落とし前をつけねえでは済まねえんだよ」

吉蔵が、凄《すご》むと、

「お侍さん、そいつを引き渡しておくんなさい。あんたには掛かり合いのねえことでやしょう」

陣九郎にいった。

「ここは俺が曲斬りをしている場所だ。いわば、なんというか、俺の縄張りのようなものだ。そこへ勝手に入ってきて剣呑《けんのん》なことをいうのは困る。ここはおとなしく帰ってもらおうか」

思いがけず陣九郎の拒絶に遭い、吉蔵はちっと舌打ちをして、

「そいつは、貸した金を返さねえんだ。だから連れてって働いて返してもらおうと思ってんですよ」

「それは本当か」

陣九郎が、背後の文太郎に問うと、

「そ、それが、とんと覚えがなくて……」

文太郎は応《こた》えた。

「なに抜かしやがる」

吉蔵が怒鳴る。

「ほ、本当なんです。ほ、ほれ、この頭の瘤《こぶ》、このせいかどうか分かりませんが、私はいったい誰なのかさえ、よく分からない始末で」

男は髷《まげ》の際《きわ》あたりを指差した。

陣九郎が見てみると、赤くなって盛り上がっている。ためしに触ってみると、

「い、痛い」

男は悲鳴を上げた。

「たしかに瘤だな。どうして頭を打ったかも覚えていないのか」

「はい。わたしは……いったい誰なのでしょう」

男は途方に暮れた顔でいった。

「お前は、文太郎ってんだよ。忘れてるのが狂言じゃねえってんなら、俺が思い出させてやるぜ」

吉蔵がいらついた声を出した。

「い、いやだ。さっきは、簀巻《すま》きにして大川に沈めるといったじゃないか」

陣九郎の背後で、文太郎と呼ばれた男が怯《おび》えた声を出す。

「それは脅《おど》しに決まってんだろ」

吉蔵はうんざりした顔になる。

「お前は、この文太郎という男が、どこの誰だかまで知っているのか」

陣九郎の問いに、

「そこまでは知らねえ。賭場《とば》で名前を名乗ったのを聞いただけだからな」

「博奕の借金か。それで、借金の額はどのくらいだ」

「十両ってところだ」

「それはまた……」

博奕で負けるには、大変な額である。

二十両あれば、長屋に住む庶民なら悠々《ゆうゆう》一年暮らせる。

十両以上の盗みを働いた者は死罪になる。それほどの額だ。

「分かったろ。このままじゃあ示しがつかねえんだ。引き渡してくれ」

吉蔵が一歩近づくと、文太郎は必死に陣九郎の背後に隠れようとする。

「ともかく、この若いのは、ひどく怯えている。助けを請われているのだから、いまお前たちに引き渡す《す》わけにはいかんな。借金のことも鵜《う》呑《の》みには出来んし」

陣九郎には、吉蔵たちがうさん臭く、文太郎は裏表のなさそうな人のよい男に見えたのである。

「俺たちは、いくらお侍だからって、容赦はしやせんぜ」

「そいつは怖いな。おい、皆の衆、この吉蔵とかいう男たちに、この若いのを引き渡していいものかな」

見物の客たちに向かって、陣九郎は大声で訊《き》いた。

一瞬、見物客たちは、お互いの顔を見合い、ざわざわとした声がしただけだったが、

「その兄さんを助けてあげたらどうだい」

どこからか艶《つや》のある女の声がした。

陣九郎が声の主を見れば、声と同じく艶っぽい女が微笑《ほほえ》んでいる。

左目の下に小さな黒子《ほくろ》があった。

「そうだ、そうだ。柄《がら》が悪い奴らのいうとおりになんかするなよ」

応えたのは、自分も品がよいとはいえない職人風の若者だった。

吉蔵が睨《にら》みつけて、若者は怯《ひる》んだが、

「自分のことも分からねえんだから、思い出すまでそっとしておいてやれよ」

「そうだ、そうだ」

「頭を殴ったのはお前らなんだろう。ひどい奴らだ」

「帰れ、帰れ」

人垣のあちこちで声が上がり、かまびすしいくらいになってきた。

「ちっ」

舌打ちした吉蔵は、陣九郎の背後から顔だけを出している文太郎を一睨《ひとにら》みして、

「つまらねえ芝居をしやがって。あとで吠え面かかせてやるぜ」

捨て台詞《ぜりふ》を残すと、人垣をかき分けて立ち去った。ほかの二人もつづく。

吉蔵たちの姿がなくなると、人垣の見物客たちは喝采した。

中間は、団栗勝負を再び挑む気がなくなったのか、背中を見せて去っていく。陣九郎は、金を寄越せとはいいづらかった。

見物客も吉蔵たちが去ったために気が抜けたのか、そのまま立ち去ろうとする。

「いいもん見せてもらったよ」

さきほどの艶っぽい女が、笊の中へ小粒を放った。

その声が効いたのか、笊の中へ金を入れてくれる客が少なからずいた。

「かたじけない」

陣九郎は、女に礼をいった。

女は、にっこりと笑って去っていった。

「あ、ありがとうございました」

陣九郎のうしろから、文太郎が声をかけた。

「客たちに紛《まぎ》れて逃げたほうがよいのではないか」

陣九郎の言葉に、

「は、はい……ですが、あいつら、姿は見えませんが、きっと待ち伏せしています。どこで待ち伏せしているのか、気がかりで……」

逃げることが出来ないという。

「しょうがないな。今日は仕舞いにするから、もう平気だというところまで一緒にいてやろう」

乗り掛かった舟だと、陣九郎は思った。

三

筵を抱えた陣九郎は、文太郎を従えて歩き出した。

吉蔵たちは、三十間（約五十五メートル）ほど離れた場所から、二人のあとを、あいだを空けながらも堂々と尾《つ》けてくる。

文太郎は、吉蔵たちをちらちらと振り返っては、気が気ではないらしく、

「ど、どうしましょう。あいつら、どこまでも尾けてくる気ですよ」

「困ったな」

のんびりとした陣九郎の声に、

「そ、そんな悠長な」

文太郎は泣きそうな顔になる。

（どこかで見たような顔だな）

と、思った途端、陣九郎の脳裏に一人の若い剣士の顔が浮かんだ。

陣九郎は十二年前、訳あって国許《くにもと》を離れて江戸へ出てきたのだが、賭場の用心棒から人足仕事まで、さまざまな仕事をして暮らしを立ててきた。

そして、七年前に、陣九郎はその剣の腕前を見込まれて、浅草《あさくさ》にある一刀《いっとう》流の道場の師範代の一人になることが出来た。

だが、国許から刺客《しかく》を差し向けられ、道場に迷惑がかかりそうになって、陣九郎は師範代を辞めたのだった。

陣九郎が師範代だったころに、心根の優しい若い侍が道場に通っていた。

名前を醒井健之進《さめがいけんのしん》といい、御家人の次男坊だった。

人柄も様子もよいので、婿《むこ》養子の申し出があった。相手は、かなりの家格で、玉の輿《こし》の逆だ。

ところが健之進、家格の違いに恐れおののき、

「とても、わたしでは、あの家の婿養子など務まりません」

と、弱音を吐いていた。

相手方は、密かに健之進を見ていたが、健之進は、初顔合わせが正真正銘、初めての面会である。

その場に向かう前に、健之進は陣九郎の元へやってくると、なんとかいかなくて済む方法はないかと助けを求めにきたのである。

そのときの表情が、文太郎の表情と同じだったのである。情けなくも、つい力になってやりたい気にさせる表情だ。

いや、表情だけではない。どことなく、文太郎は健之進と似ているようだ。どちらも、線が細い様子のよい男である。

健之進は、陣九郎が、

「普段どおりのおぬしでよいのだ。泰然自若《たいぜんじじゃく》としておれっ」

と力づけると、覚悟を決めて初顔合わせの場所へ向かった。そして縁談はまとま

り、婿養子となって婿家を継ぐことになった。

（いま、どうしているだろうなぁ）

婿であるために、肩身の狭い思いをしているのだろうかと気にかかる。

だが、道場を四年前に辞めたいまとなっては、陣九郎の知るよしもないことだ。

文太郎を助けてやりたく思ったのは、健之進とどことなく似ていたからかもしれないと気がついた。

背後をうかがうと、まだ吉蔵たちが尾けている。

「撒《ま》くとするか。よしといったら、俺のあとをついて走るのだぞ」

陣九郎の言葉に、文太郎はこくりとうなずいた。

陣九郎の住む喜八店、通称からけつ長屋は、両国橋を渡り、東広小路を抜けた先の相生町《あいおいちょう》四丁目の端にある。

両国橋を渡らずに、陣九郎は薬研堀《やげんぼり》のほうへと歩を進める。

「そこの路地に入るぞ」

陣九郎は文太郎に囁《ささや》く。

路地口に達すると、

「よし」

声をかけて走り出した。文太郎があとにつづく。

路地を曲がり、さらに曲がっていくと、また表通りに出た。

近くに蕎麦屋《そば》があるのを見つけ、迷わずに入りこむ。まだ吉蔵たちの姿は通りに現れていない。

入れ込みに客はひとりだけだが、奥の衝立《ついたて》の向こうも空いているので、そこに入ることにする。

蕎麦がきと酒を注文すると、小女に小銭を渡して、

「俺たちを追ってくる破落戸がいるかもしれない。もしやってきて、俺たちのことを訊いたら、知らないと応えてくれ」

と、頼んでおいた。

こちらを見た客にも、

「おぬしも頼む」

といって、小女を介して小銭を渡した。

ほどなく、あわただしく店に入ってくる者の気配がして、

「いねえか……」

一言いって帰ろうとしたようだが、

「おい、ねえちゃん、筵を持った浪人と、若い町人の二人連れを知らねえか」

と、小女に訊いた。

「いいえ」

短い応えに、すぐ外へ出ていく気配がした。

酒と蕎麦がきが運ばれてくると、しばらくそのまま酒を呑んでいた。

ひとりいた客が帰り、別の客たちがちらほら入ってきて、半刻（約一時間）が経ったころに、陣九郎と文太郎は店を出ることにした。

衝立の陰にいたあいだ、陣九郎は文太郎に、まったくなにも覚えていないのか訊いてみたのだが、首を横に振るのみだった。

頭を打ったり、ひどく辛い目に遭うと、一時的に記憶がなくなることがある。陣九郎は、前に一度そのような状態になった女を助けたことがある。

しかも文太郎は、まったく金を持っていなかった。

「自分が誰かを思い出せば、家から金を持ってくることも出来ます。お酒と蕎麦のお代はしばらくお貸しください」

というのへ、

「このくらいは、俺が出すから気にせんでくれ」

と、陣九郎は応えるほかはなかった。

どこに住んでいたのかも思い出せないという。つまりねぐらの当てがないのだ。

仕方がないので、今日一晩は、とりあえずからけつ長屋の自分の部屋に泊まらせることにした。

長屋では、川開きの日以来の酒盛りが行なわれた。

居酒屋で呑むより、長屋で呑んだほうが安上がりだし、そのまま眠ってしまうことも出来るので、いつのころからか金があれば長屋で呑むようになっている。

呑む部屋は決まっていないが、そのとき金がある者の部屋で行なわれることが多かった。

長屋の連中の歳は、皆三十前後で、遠慮のない気の置けない同士だ。

この夜は、納豆売りの金八の部屋での酒盛りになった。納豆がよく売れたのだそうである。

「納豆なんか、売れる日と売れねえ日があるなんて、よく分からねえな」

東吉が、早速冷やで一杯やりながら、金八にいった。

「売れねえ日はねえんだよ。納豆ってのは、毎日食うもんだからな。だから、だいたいどのくらい仕入れればいいかが分かってんだが、今日はよ、病で休んだ奴の分まで売り歩いたんだよ。その分多く金が入ったが、おかげでくたくただ」

「なんだ、そんなことか」

「そんなこととはなんでえ。俺はいつもより働いて、その金で酒買ったんじゃねえかよ。少しはありがたく思え」

「はいはい、ありがてえこってす」

東吉がいったとき、陣九郎が文太郎を連れて現れた。

「おや？　どこかで見たにいちゃんだぜ。どこだっけ」

金八が首をひねり、東吉も同様の仕種《しぐさ》をする。

すると、竈《かまど》で鰯《いわし》を焼いていた振り売りの磯次が、文太郎をじろじろと見て、

「あれだ、川開きの日に、舟に飛び乗ってきただろ」

「ああ、あのにいちゃんか。捕まらなかったのかい」

東吉の問いに、

「はい。おかげさまをもちまして」

文太郎は頭をかく。

陣九郎と文太郎が酒を呑み始めたころ、辰造と信吉がほぼ同時に現れ、そのあとに

三蔵がやってきた。

六畳一間の部屋に八人の男が集まったので、かなり狭いが、皆慣れている。文太郎っている。皆慣れている。文太郎のみが、ほかの者に体が当たらないかと窮屈そうにしている。

だが、そのうち酒がまわってくると、そのような気遣いもなくなり、へらへらと笑っているようになった。

四

酒盛りでも、酔っぱらった長屋の面々に文太郎は、

「本当に、自分が誰なのか分からねえのかい」

と、何度も訊かれていたが、その都度《つど》、

「はい、それがとんと……」

困ったような顔をして応えるわりに、酒はあおるように呑んだ。

「おいおい、そんなにがんがん呑むな。なくなっちまうじゃねえか」

金八が心配したが、そのうち文太郎は真っ赤になり、

「へっ、なくなったってかまうもんかい」

すぐに目が据わり、酒癖《さけぐせ》が悪いと思われた途端、ばたっと倒れるようにして眠ってしまった。

「酒に弱い癖に」

金八は、呆《あき》れた声を出す。

「このままこいつ、ここに居すわっちまうんじゃねえか」

信吉が眉をひそめた。

「面倒な男を連れてきてしまったかな」

陣九郎もここにいたって、不安になってきた。

文太郎がなにも思い出せず、吉蔵に怯《おび》えて働きにも出ないでいると、いきおい連れてきた陣九郎が食わせなければならないことになる。

寝る場所も、この夜は金八に甘えるとして、そのあとは自分の部屋に寝泊まりさせねばならないだろう。

その不安は的中した。

「いってらっしゃい」

陣九郎が曲斬りの大道芸に出かけるときは、手をついて頭を下げ、自分は部屋に残ったままだ。なにをしているのか、あとで訊くと、ひたすら眠っているという。

ただ、それが本当かどうか分からない。というのも、長屋は男ばかりで、八卦見の三蔵と博奕打ちの辰造以外は、皆、日中は稼ぎに出かけているからだ。

三蔵も昼過ぎには出かけてしまう。昼までは、文太郎は部屋にいるようだと三蔵がいうが、そのあとは分からない。

辰造は昼間中寝ていたりするので、文太郎のことを訊いても無駄だ。

「一日、寝てばかりいては体に蛆《うじ》がわくぞ。少しは外に出て金を儲《もう》ける手立てでも思案したらどうだ」

陣九郎が水を向けると、

「はい、もう少ししたら、そのようにします。いまは、ひたすら眠くてしかたないのです。頭を打ったからでしょうか……痛くはないのですが」

といって、また横になってしまう。

酒盛りが行なわれる夜は、必ず加わり、あおるように呑んで、態度が大きくなり、ときに誰彼となく絡むが、すぐに眠ってしまう。

タチの悪い酒とはいえ、たいした害はなかった。

そのような日々がつづいて五日経ったのだが……。

羅宇屋の信吉は、その日は、どうも客のつきが悪く、稼ぎにならないので、早めに仕事を終えて、からけつ長屋へと帰ってきた。

羅宇屋は、羅宇の交換や、煙管《きせる》の修理を生業《なりわい》とする。

ちなみに、羅宇とは、煙管の火皿と吸い口をつなぐ竹の部分のことである。

火の熱にやられて長持ちはしないので、定期的な交換が必要だ。

信吉は、長屋の路地のどぶ板のところで、小柄な十六、七歳ぐらいの娘がひとり、あたりをきょろきょろと見まわしているのに気がついた。

「なんか用かい」

信吉が声をかけると、娘は振り向く。

頬《ほお》が赤く田舎臭いが、利発そうな目がぱっちりとして、可愛らしい顔をしている。

「あの……ここに、若旦那が……若旦那の文太郎さんがいらっしゃるはずなのですが……」

娘は、おずおずと応えた。

「文太郎ってのは、たしかにいるが……」

信吉は、文太郎は自分のことをなにも覚えていないのだといった。

「そ、そんなはず……」

娘は、そこまでいうと、はっとして口を噤《つぐ》んだ。

「おやおや、それ以上なにかいうとまずいことでもあるのかい」

「い、いえ、そんなことは……」

下を向いてしまった。

「文太郎は、ずっと木暮の旦那の部屋にいるはずなんだがな」

娘をことさら追及するのはやめて、信吉は陣九郎の部屋の戸をたたき、

「おーい、文太郎、いるんだろ。出てこいよ」

と、中に向かって呼びかけた。

だが、部屋からはなんの応答もない。

「おかしいな、開けるぜ」

戸の腰《こし》高障子《だかしょうじ》を開けるが、中に文太郎の姿はなかった。

「ありゃりゃ、いねえや。ずっと眠ってるなんて嘘なんじゃねえか」

信吉が首をかしげて、娘を振り返ると、

「で、では、これで」

娘は、あわててその場から立ち去ろうとした。

だが、すぐに立ち止まる。

「若旦那……」

ちょうど、路地に文太郎が入ってきたところだった。

「お、おひさ……」

文太郎は驚愕に目を見開いた。

おひさと呼ばれた娘のほうは、困ったような表情だ。

そこへ、どやどやと金八や東吉、磯次が帰ってきた。


少し遅れて陣九郎が帰ってきたのだが、狭い路地に長屋の連中がひしめいているのを見て驚いた。

「てめえ、ただ飯食うために嘘ついてたんだろ」

金八が文太郎の胸ぐらをつかんでいうのが目に入った。

ほかの連中も色めき立っている。

「い、いや、そんなつもりは……」

文太郎がなすがままになっている横から、

「おやめください。若旦那には、いろいろとわけがあるんです」

おひさが、必死に金八たちをなだめようとしている。

「おい、よってたかってなにをしている」

陣九郎が割って入ると、

「この野郎、なにも覚えてねえなんて、真っ赤な嘘だったんでやすよ」

信吉が口から泡《あわ》を飛ばしていった。

陣九郎は、皆を落ちつかせ、文太郎をつるし上げるのをやめさせた。

文太郎とおひさを部屋に入れ、わけを訊こうと皆を説得した。

陣九郎の六畳の部屋には、文太郎とおひさが陣九郎の前に、並んでかしこまって座った。

長屋の連中は、陣九郎と二人を取り囲んで、座敷にひしめき合って座っている。

「どうして、なにも覚えていないと嘘をついたのだ」

陣九郎の問いに、

「そ、その……話すのが嫌《いや》で……」

文太郎は上目づかいにいった。

「なぜ、話すのが嫌だったのか、そのわけはなんだ」

「それは……吉蔵という破落戸のいっていたとおりに、返すあてのない金を借りてまして。捕まったら、なにをされるかわかりません。それで……」

「なにも覚えていないことにして、俺たちに匿《かくま》ってもらおうと思ったわけだな」

「は、はい、そのとおりです」

「瘤はどうした」

「吉蔵に殴られたんです」

「たいしたことではなかったというわけか」

「はい……」

「太《ふて》え野郎だ」

金八が息巻き、

「こんな奴、とっとと追い出しちまいやしょう」

東吉が煽《あお》る。

「だがよ、このおひさって娘に、若旦那って呼ばれていたよな。どこぞの店の息子かなんかなんだろ」

信吉が長い顎に手をそえて訊く。

「は、はあ……」

文太郎はうなだれてしまう。

「あ、あの……」

おひさが顔を上げた。

「若旦那の文太郎さんは、わたしが奉公している相生町三丁目の呉服問屋高城屋《たかぎや》の跡《あと》取《と》りでいらっしゃいます。でも……」

文太郎をちらっと見て、それから先はいいにくそうにしている。

「遊びが過ぎて、いま勘当《かんどう》寸前なんです」

文太郎が、顔を上げて思い切っていった。

「おおかたそんなもんだろうと思ったよ。早くいっちまえば、すっきりするもんなのによ。勘当なんてそんなに恥ずかしく思うことはねえんだぜ」

信吉の言葉に、金八がつづけて、

「ならよ、親父《おやじ》さんに、土下座《どげざ》でもなんでもして謝《あやま》って、もう二度と博奕には手を出さねえっていえば、金を用立ててくれるんじゃねえのか」

「そ、それが……」

また、文太郎がうなだれた。

「あの、それにはまたわけが……」

おひさがあとを引き取って、説明を始めた。

五

文太郎の父親の庄右衛門《しょうえもん》は、女房を去年流行病《はやりやまい》で亡くし、今年になってすぐ、若い女を娶《めと》った。

後妻に入った女は、お露《つゆ》というのだが、まだ三十路《みそじ》前の綺麗な女だという。

このお露と文太郎の仲はよくなかった。

文太郎にしてみれば、実の母親が亡くなって一年も経たないうちに、後妻となった女である。

義理とはいえ母と認める気にはなれなかった。

お露はというと、庄右衛門のいるときには、文太郎に優しい振りをするが、いないときには、口も利《き》かない。

それでは、二人の仲がよくなるはずもなかった。

さらに、文太郎はいい交わした娘との仲を、庄右衛門に認められなかった。

その娘は水茶屋の娘で、商家の跡取りの嫁として相応《ふさわ》しくないというのが反対の理由だ。そして、文太郎の知らないうちに、庄右衛門は手切れ金を娘に渡していたのである。

「若旦那は、お内儀さまに冷たくされるだけでなく、好きな娘さんと別れさせられたことで、ずいぶんとお苦しみになられて、それに耐えきれずに、お酒に溺《おぼ》れ、博奕にも手を出されたのだと思います」

おひさは、文太郎をかばうようにいった。

「この娘さんのいうとおりかよ」

金八の問いに、

「はい、そのとおりです。辛さに我慢が出来ず、つい酒や博奕に逃げてしまっていました。弱い男です……」

耳を赤くして、うつむいたまま文太郎はうなずいた。

「なぜ、なにも覚えてないという嘘をついてまで、隠したかったのだ」

陣九郎が訊くと、

「店に戻れといわれるのが落ちでしょうし、そもそも、情けないので……」

この状態から逃れる術《すべ》をあれこれ考えてはいたが、どうしても父親に泣きつくのは嫌だ。だが、ほかになにもよい考えは浮かばない。

そうこうしているうちに、五日が経ったというのである。

「そういえば、さっきはどこかに出かけていたようだが、いつもだったのか」

信吉の言葉に、文太郎はうなずく。

「今日は、俺が早く帰ってきたから、分かったんだが」

「毎日、部屋で寝ていたというのも嘘か」

陣九郎が溜《た》め息をつくと、

「も、申し訳ありません。なんとか金を作ろうと駆けずりまわっていたのです」

吉蔵たちに見つからないように、知り合いをまわり金の工面をしようとしていたのだが、行く先々で断られた。というのも……、

「放蕩《ほうとう》息子に金の融通などしないでください。息子のためになりませんから」

庄右衛門が、そのようにいって、先まわりしていたのである。

「旦那さまは、かたくなになってらっしゃいます。なんとしてでも、若旦那に頭を下げさせようと……」

おひさの言葉に、

「それだけではないはずだ。あの女が、わたしに逃げ道をなくさせ、追い詰めようとしているんだ。親父は、あの女のいいなりなんだ」

文太郎はきつい口調で応えた。

おひさは、文太郎の剣幕に、なにも応えられずにいる。

「おひささんは、なぜ文太郎に会いにきたのだ」

陣九郎が不意に訊いた。

「そ、それは……」

おひさは、耳まで真っ赤になり、

「若旦那が心配で……」

「おやおや、ひょっとすると、おひささんは、文太郎に……」

金八がいった途端に、バチンと音がして、

「い、痛えじゃねえか」

信吉が金八に、みなまでいわせないようにひっぱたいたのである。

「しかし、なぜここに文太郎がいると分かったのだ」

陣九郎の問いに、

「昨日の昼に、用があって尾上町《おのえちょう》あたりへ出かけていたのですが、そのときに若旦那の姿を見かけました。ついあとを尾けてみたら、この長屋へ……」

そのときは、長屋に入っていくのを確認しただけで帰ってきたのだそうだ。

ところが、今日になって、庄右衛門が文太郎がいきそうなところへ、すべて先まわりをして、金を貸さないように頼んでいることを知った。
文太郎は、いく先々で、庄右衛門のしたことを知らされてきたが、おひさは知った
ばかりだ。心配でいてもたってもいられなくなったのである。
「そんなにこいつが気がかりだったのか……身投げでもするかと思ったのかい」
金八が訊くと、
「は、はい……そんなようなことを」
といって、ちらりと文太郎を見た。
「お、おい、おひさ、わたしを見くびっているようだな。もう二度と、あんなことは
しないよ」
文太郎は口をとがらす。
「もう二度といったな。前に身投げしようとしたことがあるのか」
陣九郎は聞き逃さない。
「は、はい。実は、想い人のお菊《きく》を諦めなくちゃならなくなったときに、つい菜切り
包丁で……」
首をかっきって死のうとしたのだそうだ。
場所が店の台所だったので、女中が大騒ぎして手代《てだい》がかけつけ、ことなきを得たの

だそうである。

「そんなことをしてんだったら、おひささんだって案じるわけだ。だらしねえったらありゃあしねえ。迷惑なんだよ」

信吉は、文太郎に怒りを含んだまなざしを向けた。

「高城屋の跡取り息子であることに違いはないのだ。後妻のいいなりとはいっても、庄右衛門どのも心の中では戻ってきてもらいたいのではないのか」

陣九郎の言葉に、

「謝っちまえばいいんだよ。それで金を出してもらって借りた金を返せば、大手を振って往来を歩けるってもんだ」

金八が受け、

「別れさせられた娘だって、根気よくねばれば、いつかは認めてもらえるんじゃねえのかい」

信吉がさらにつづける。

「いいえ、そのような親父ではないし、あの女も……」

もはや、家に文太郎の居場所はないのだそうだ。

「だが、まだ勘当されたわけではないのだからな」

陣九郎がいうと、

「いま帰ったら、そのときに、はっきりと勘当を申し渡されるのだろうと思います。ですから、帰るのは嫌なのです」

文太郎はかたくなだ。そして、

「若旦那のいうとおり、旦那さまは勘当してやると仰《おっしゃ》ってます。ただ、お内儀さまが、いますぐ勘当だと触れてしまえばいいじゃないかと仰るところを、旦那さまは、とにかく文太郎が帰ってくるまでは待つと」

おひさはいった。

「それはあれだな。帰ってきて、土下座でもして謝れば許してやろうって気持ちがやっぱりあるんじゃねえのかい」

ずっと黙っていた磯次がいった。

「そうとしか思えねえぜ」

信吉が同意する。

「そのようには、到底思えません」

文太郎は、さらに口をとがらした。

「おひささんも、そう思うのかい」

信吉が訊く。

「わたしは……お内儀さまはともかく、いまどなたかが仰ったとおり、旦那さまは口では勘当だといっても、本心では若旦那の帰りを待っているはずです。ですから、若旦那、早く帰ってきてくださいませんか」

おひさは、文太郎に嘆願するようにいった。

「そうはいうけどね、おひさ。親父は、あの女のいうがままじゃないか」

文太郎の言葉に、

「それはそうなのですが……」

おひさは、口ごもっていたが、

「早く若旦那がお帰りにならないと……」

顔を曇らせ、

「はっきり分かるまで黙っていようかと思っていたのですが、お内儀さまは、ひょっとすると、お店を乗っ取ろうと……」

これには、文太郎もぎょっとしておひさを見て、

「そ、それはどういう意味だい」

「わたし、聞いてしまったんです。お内儀さまは旦那さまに嫁ぐ前に、男の子を一人

産んでいるんです」

その子どもの存在は、庄右衛門も知っている。

お露が十五のときに産んだ子で、いまは十二になっており、お露の父母の元で暮らしているのだそうだ。

おひさは、お露が、文太郎を追い出す代わりに自分の子を呼び寄せて、跡取りにしようとしているのではないかと疑い始めたという。

「そうか……そこまでは、わたしも知らなかった」

文太郎は唇をかみしめた。

「ですから、若旦那……」

帰ってくれというおひさに、

「でも、とにかくいまは、帰りたくない。親父に頭を下げるなんて……」

文太郎はなおもかたくなにいった。

「若旦那の意地っ張り」

おひさは、涙を目にためて文太郎にいうと、

「今日は帰りますが、長屋の皆さん、どうか若旦那をよろしくお願いします」

深々と陣九郎たちに頭を下げた。

おひさに健気《けなげ》に頼まれてしまっては、長屋の面々、とくに陣九郎は、面倒だといって文太郎を追い出すわけにもいかなくなってしまった。

第二章　長屋危《あや》うし

一

真夏の陽光が江戸の町に容赦なく照りつけ、道ゆく人々は、汗を拭《ふ》く手拭《てぬぐい》を手放せないでいた。

風鈴売りが表通りを歩いてゆくと、からけつ長屋の路地にまで、ときおりその涼しげな音が響いてくる。

だが、昼間の長屋は閑散としており、せっかくの涼しい音を聞く者も少ない。

おひさがやってきた翌日のこと。

陣九郎が、両国西広小路で、曲斬りの合間に、汗を拭きながら休んでいると、

「旦那、旦那」

三蔵が、汗を垂らしながら、小走りにやってきた。

「なんだ、暑いのに昼間から占いをするのか」

「いや、そうじゃないんですよ。ちょいと驚きましてね」

三蔵は、からけつ長屋の空いている部屋に新しい住人が入ったといい、

「それが、小股の切れ上がった、色っぽい年増なんですよ。外での用が済んだら、あとで、皆に挨拶するといってましたよ」

興奮気味にいう。わざわざ、それを伝えにきたのだそうだ。

夕刻になり、長屋に帰った陣九郎は、酒盛りの場で、三蔵の話を伝えた。

酒盛りの場には、遅くまで仕事をしている八卦見《はっけみ》の三蔵と、賭場に入り浸りの辰造のほかは、すべて揃《そろ》っていた。文太郎もである。

「新しく住むという女は、どこかへいったまま、まだ帰ってこぬのかな」

陣九郎は、磯次に訊《き》く。

「俺が、先に挨拶してしまおうと部屋の戸をたたいたんですがね、応えがなかったんでやすよ。ほかの奴らなら、勝手に開けてしまうところだが、相手が女ときては、さすがの俺も遠慮しちまいやした」

「どんな女なんだろうなあ。こんな男ばかりのむさ苦しい長屋にくるなんざ、酔狂《すいきょう》な女じゃねえか」

東吉が首をかしげながら、ぐびりと酒を呑んだ。

「酔狂な女は、こんな女ですよ」

開け放していた戸口から、女が顔をのぞかせた。

「うわっぷ」

東吉は、驚いたはずみで酒を噴き出し、目の前の金八の顔にぶちまけた。

「き、汚えじゃねえか」

憤然とする金八に、

「あら、ごめんなさいね。あたしが驚かしたから」

すっと入ってきた女は、いつのまにか手拭を持っていて、金八に差し出す。

「あ、あんがとよ」

金八はどぎまぎしながら、手拭を受け取った。

「おや……」

陣九郎は、女の顔をじっと見た。

島田潰《しまだつぶ》しに結った髷《まげ》に、渋茶色の小袖《こそで》で、派手ななりではないが、潤《うる》んだ切れ長の目と、濡れて紅い口元、そして柔らかな身体の線が実に艶《つや》っぽい。

「そんなに見つめちゃ嫌ですよ」

女は、恥ずかしそうな素振りを見せるが、振りだけで冗談めかしているようだ。

「どこかで会ったような気がするのだがな。気のせいか……」

陣九郎は、しきりに首をひねった。

切れ長の目に、頬《ほお》はふくよかだ。唇は小さく、頤《おとがい》は少し尖《とが》っている。そして、左目の下に小さな黒子《ほくろ》があった。

「その黒子……たしか……」

どこかで見た覚えがある。

「あたしのこと、お忘れですか」

女は、艶然《えんぜん》と笑いながら陣九郎を見た。

「思い出したぞ。おい、文太郎、覚えていないか」

陣九郎は、ぽかんと口を開けて女を見ている文太郎に訊いた。

「い、いいえ、わたしはまるっきり……てんで……ほんの少しも覚えてませんが」

「薄情ですねえ」

女は、呆《あき》れたような顔をする。

「それもそうだ。なにしろ、この人は、お前の恩人でもあるのだからな」

陣九郎の言葉に、文太郎は閉じかけた口を、さらにあんぐりと開けた。

「忘れたのか。まあ、俺もすぐには思い出せなかったから、同じようなもの……いや、思い出したのだから、俺はお前よりもずいぶんとましだ」

などといいつのった揚げ句、陣九郎は、

「先日は、助けていただいてかたじけない」

女に向かって頭を下げた。

「いいんですよ。弱い者同士、相身互《あいみたが》いですからね」

女は応えて、

「あら、いけない。弱い者って、お侍さんは違いますよ」

文太郎のことだと念を押した。

「あの……木暮さまが大道芸をしていたときのことですか」

文太郎は、まだ分かってはいない。

「破落戸《ごろつき》どもを追い返すかどうか見物客に訊いただろう。そのときに、声を上げてくれた姐《ねえ》さんだよ」

陣九郎の言葉に、文太郎はうなずいたが、

「そんなことがあったのですか。わたしは、ただびくついていて、全然覚えていないんです。これほど人目を惹《ひ》く美人なのに」

済まなそうに女を見た。

「こんな二十五の年増なのに、美人といわれるなんて嬉しいですよ」

女は文太郎に笑いかけ、文太郎は耳を赤くした。

「ところで、姐さん、名前はなんていうんだい」

金八が訊く。

「あら、ごめんなさい。それが先でしたわね。あたしは、お千《せん》といって、米沢町《よねざわちょう》の梅仙《うめせん》というお店で仲居をしています」

「へえ、梅仙といやあ、有名な料亭だぜ。俺たちなんか、前を通ることも出来ねえぜ。そいつは凄い」

金八の言葉に、

「前も通れないのかよ」

東吉が驚いた声を出した。

「莫迦《ばか》、軽口に決まってんだろ」

信吉が笑う。

「あんな名のある料亭で働いているのに、なんでこの長屋になんか」

磯次が当然の疑問を口にする。

「いえね、いままで住んでいた長屋にいづらくなって……」

お千は、大家がいい寄ってきたので、すげなくしたところ、店賃《たなちん》の値上げをいきなりいってきた。そのほかにも嫌がらせを始めたので、いづらくなったのだそうだ。

「安くてお店に近いところを探していたら、ここが見つかったのですよ。ここの大家の喜八さんの話によると、いまは男ばかりの長屋だけど、皆、いい人たちばかりということで……」

住んでみることにしたのだそうだ。

「なんにせよ、ありがてえこった。男ばかりの長屋ってのは、息苦しくていけねえや。よろしく頼んますぜ」

金八が鼠顔をくしゃくしゃにして笑いかけた。

「こちらこそ、よろしくお願いしますよ」

お千は頭を下げ、長屋の連中も皆、挨拶を返した。

いったんお千は帰ったが、しばらくすると、

「これ、夕餉《ゆうげ》のために作ったんですけど、作りすぎたから」

酒の肴《さかな》にしてくれと、芋《いも》と青菜《あおな》の煮染《にし》めを持ってきてくれた。

せっかくだから酒を呑んでいけと、金八が誘う。

「では、ほんの少しだけ」

そういって上がりこんできたので、一同大喜び。

ただ、お千はいったとおりに、猪口に三杯も呑むと、ほんのり頰を赤くして帰っていった。

お千が帰ったあとは、なぜか場が沈んでしまった。

これまで、女など抜きでわいのわいのやっていたのだが、一度、それもほんの少しのあいだだけだが、艶っぽい女がいただけで、色気のない場所が急に寂しく思われてきたのであった。

「しけた野郎たちだな。おい、誰かなにかしろ。踊るか謡《うた》え」

金八がけしかけるが、誰もなにひとつ出来なかった。

「木暮の旦那はどうなんです。なにか出来るでしょう」

信吉が水を向ける。

「俺か……詩を吟《ぎん》ずることなら、少しはな」

「そいつをやっていただきやしょう」

信吉の言葉に、皆、手をたたく。

「詩を吟ずるだけだぞ。盛り上がらんぞ。経《きよう》を読むのと大差ないぞ」

陣九郎は、やめたほうがよいと釘を刺したのだが、やってくれという声に押し切られてしまった。

「独酌《どくしゃく》〜相親《あいした》しむ〜無《な》し〜 杯《さかずき》を〜挙《あ》げて〜明月《めいげつ》を〜……」

李白《りはく》の『月下独酌《げつかどくしゃく》』を吟じたのだが、一同、呆然としてしまった。

陣九郎は、吟じて気持ちよかったが、途中で、皆の面白くなさそうな様子に気づき、やめてしまった。

だが、途中でやめたかどうかまでは、皆には分からない。

「経と同じだっていったけど、そのとおりでやしたね」

金八がぽつりといった。

このあとも、ますます意気が揚がらない酒盛りとなってしまった。

早めに切り上げ各々《おのおの》部屋に戻ったのだが、こんなことは滅多にないことだった。

というか、陣九郎がからけつ長屋にきてから、初めてのことだった。

二

お千が長屋に住まうようになっただけで、何だか長屋の雰囲気が変わったようだ。

暑くなってくると、褌《ふんどし》もせずに真っ裸で部屋から出てきても平気だったが、お千がいると思うと、そうもいかない。

以前は、からけつ長屋にも女が住んでいた。だが、おさよという娘が一昨年に嫁入りで長屋を出ていってからは、男ばかりの長屋になっていた。

このように、からけつ長屋に変化があった矢先、さらに大きなことが起こったのである。

お千が移り住んできた翌日の夜、例によって酒盛りを始めたころに、意外な人物がひょっこり現れた。

その夜は、信吉の部屋での酒盛りで、開け放してある入り口から、

「皆、元気そうでなによりだ」

入ってきた人物は、大家の喜八だった。

まぶたが分厚く眠そうな顔なのは相変わらずだ。

「大家さんが、わざわざお越しとは、なんでやす。店賃は、払ってやすけど」

金八が、驚いて訊く。

「いやな、ちょっと話しておきたいことがあるんだ。皆、そのままで聞いておくれよ。実はな……」

言葉を切り、ごほんと一つ空咳《からぜき》をして、

「二月《ふたつき》ほどしたら、この長屋を壊すことになるから、それまでにどこかへ引っ越してもらいたいんだよ」

といった。

「ええーっ」

磯次が素《す》っ頓狂《とんきょう》な声を上げた。

「そ、そんな軽口はやめてくだせえよ。大家さんも人が悪いぜ」

東吉が苦笑いを浮かべていうが、

「わたしは本当のことをいったのだよ。先の舟遊びが餞別《せんべつ》がわりだ。あと二月あるからな、それまでに出ていってくれよ。じゃあな」

喜八はいうだけいうと、くるりと背を向けた。

「お、大家さん、待ってくれよ」

「わけをいってくれよ、わけを」

口々に喜八を呼び止め、問いかける。

喜八は振り向いて、

「わけなどどうでもよいだろ。ともかく、決まったことだからな」

といって、なおも呼び止める声を聞き流して歩き去っていった。

「な、なんだよ、いったい」

「引っ越せって……どこへだよ」

皆、呆然としながら、それぞれぼやいていると、徐々に怒りがこみ上げてきた。

「おおかた、金でも積まれたんじゃねえか。高い金をもらうんなら、俺たちのことなんかどうでもいいからって、ここを売っぱらっちまおうってんじゃねえのか」

金八の言葉に、

「ひ、ひでえ話だ。俺たちは、そりゃあ店賃が遅れることはあってもよ、ちゃんと払ってきたぜ。それをよ、金になるからって追ん出すなんてよ……」

信吉がうなるようにいった。

「あの野郎、許せねえよ」

磯次が怒りの声を上げると、

「喜八の野郎は、欲に目がくらんだ屑《くず》だ」

「舟遊びぐらいで俺たちを追い出せると思ったら大間違いだ」

皆、口々に喜八の不実をなじり始めた。

だが、それも長くはつづかず、重い沈黙が垂れこめた。

「おい、俺は、大家の喜八にもう一度、話を聞いてくるぜ」

金八が立ち上がると、皆、俺も俺もと、押しかけることになった。

からけつ長屋の路地を出たところに、表通りに面して、喜八の下駄屋がある。

だが、下駄屋へいくと、喜八はどこかへ出かけてしまったという。長屋へきた足で、出かけてしまったらしい。

裏長屋の面々が大挙して押しかけたものだから、店の手代や女中たちが、目を白黒させている。

「俺たちが押しかけると思って、逃げやがったな。こんちくしょうめ」

悪態をつく金八たちに、

「明日、出直そうじゃないか」

といって、陣九郎は長屋に戻るよう、うながした。

皆、ここから離れたくないと思っている。

からけつ長屋といわれるほどだから、ほかの長屋よりも安い店賃で貸してもらっている。

さらに、皆、はっきりと口に出していうのは照れくさいのだが、離ればなれになるのが嫌なのだ。

皆が揃って入るには、それだけの空き部屋がなくてはならない。おそらく、そのよて酒がまわってくると、自棄酒《やけざけ》の体《てい》をなしてきた。

　文太郎は、自分の問題でもないのに、いつもより余計にがばがばと呑み、すぐに倒れこむようにして眠ってしまった。

　このところ、空いている部屋に無断で文太郎は入りこみ、眠ってしまう。夜から朝にかけてなので、大家の喜八に気づかれることはない。

　やけくそになって騒いでいるのを、眉をひそめて覗いている者がいた。

　からけつ長屋には陣九郎のほかにもうひとり、浪人が住んでいる。

　名前は袴田弦次郎《はかまだげんじろう》。色が白く、目がつり上がった白狐《しろぎつね》のような男だ。

　文太郎が長屋にいることも知ってはいたが、部屋の腰高障子の隙間から、うかがっていただけで、挨拶を交わしたこともない。

　このところ、長屋の面々は、弦次郎が住んでいることを忘れがちになっていた。

　皆が井戸端に出てくるころには、あまり出てこず、誰もいないときに現れるからだろう。あまり、皆と顔を合わせたくないのである。

　弦次郎は、金になりそうなことには、鼻が利く。文太郎のことを知り、借金取りを見つけて、金と交換に、からけつ長屋に住んでいると教えようと企《たくら》んだのだが、借金取りをつきとめることが出来ないでいた。

（長屋を出なくてはならんだと。いま金がないというのに、とんでもないことだが……）

それが、なにか金につながらないかと、弦次郎は思った。

密かに酒盛りの様子を盗み見ていた弦次郎は、長屋の路地に入ってくる人の気配に気づき、あわてて部屋に戻った。

路地に入ってきたのは、お千だった。

酒盛りの騒ぎが尋常でないことに気づき、なにごとかと覗く。

だが、皆、酩酊に近くなっているので、誰もお千に気がつかない。

お千は、やれやれと首を振ると、自分の部屋へ戻っていった。

翌朝になり、皆、ひどい二日酔いに見舞われて、仕事を休む羽目になってしまった。

仕事の前に、皆で喜八に会いにいこうといっていたのだか、それも無理になってしまった。

「困ったもんだ」

といいながら半身を起こした陣九郎も、頭がずきずきと痛む。

すでに陽は高くなっており、昼に近い。

陣九郎は井戸端で顔を洗い、戻ってくると、皆をたたき起こした。

「これから、喜八に会いにいくぞ」

皆をせき立てる。

「あたしは、まだぐるぐると目がまわってますから、ここで待ってます」

三蔵が、青い顔をしていった。

磯次も東吉も、そして辰造も起き上がれない。

結局、陣九郎のほかに、金八と信吉が喜八に会いにいくことになった。

裏にまわって下駄屋の勝手口から、中に声をかける。

やがて通された座敷で三人が待っていると、喜八が現れた。

あいかわらず眠そうな分厚いまぶたの下から、三人をじろりと見た。

「昨日いっていたが、二ヵ月で出なくちゃならないというのは本当なのか。俺たちはどうも信じられないのだ」

陣九郎の問いに、

「信じてくださいよ。この土地も売られることになってますもんでね」

「なぜそんなことをするのだ。長屋にはあれだけの人数が住んでいるのだから、そのようなことをせんでもよかろう」

「そうはいきません。もう決まったことですのでね」

「そこをなんとかよお、思い止まってくれねえもんですかい」

金八の言葉に、

「俺からも頼むぜ」

信吉が頭をちょこんと下げる。

「だから、もう決まったことなのだ」

「大家なんだろ。売るのをやめればいいだけじゃねえですかい」

金八が詰め寄ると、

「大家といってもな、わしは長屋のことをまかされているだけなのだ。この下駄屋だって、借りているんだよ。だから、わしもここを出なくてはならない」

喜八の言葉に、

「ええっ！　大家さんの持ち物じゃねえんですかい」

「この土地も？」

信吉と金八が口々に驚きの声を上げた。

「嘘つかねえでくだせえよ」

金八が顔を歪《ゆが》める。

「お前たち、そんなこと、とっくに知っていると思っていたがな。地主は、ほかにいて、わしは家守《やもり》といってもらうのが正しいのだよ」

その土地と建っている店や長屋を、いわば管理する役割なのだという。

「だが、家守だけに、ただで追い出されるってことはないだろうな？」

陣九郎が訊くと、

「そ、そりゃまあ、皆に立ち退《の》いてもらえば、いくらかの金が……その……」

喜八の歯切れが悪くなる。

「ちぇっ、俺たちを立ち退かせたら、金が入るって仕組みかよ。自分だけいい思いをしようって魂胆なんだな」

金八が怒気の含んだ声でいう。

「そもそも、お前たちを住まわせているのも、わしの仕事の一つなのだから、立ち退かせるのも仕事の一つだ。そのために金をもらってなにが悪い」

「居直りやがったな」

金八が睨みつける。

「あのなあ、わしだって長年住み慣れたこの場所を動きたくはないんだ。商売だって上手《うま》くいっているしな。だが、どうしても出てくれっていわれりゃあ、こっちは弱い立場だ。地主には逆らえないのだよ」

喜八は肩を落とした。

芝居かと陣九郎は眉をひそめたが、喜八の様子をよく見れば、本心のようだ。

「地主はどこに住んでいるのだ。その地主と話し合おうじゃないか」

陣九郎の言葉に、

「取り合ってはくれないと思いますがねえ……」

といいつつ、喜八は地主の名前と住んでいる場所を教えてくれた。

日本橋《にほんばし》の岩本町《いわもとちょう》に住んでいる源兵衛《げんべえ》というのが地主だそうだ。

陣九郎たちは、岩本町へと向かった。

三

「でっけえ家だなあ……入り口もでけえ」

岩本町の源兵衛の家は、立派な門構えである。

だが、門番はいないようで、

「御免」

陣九郎は門を開けて中にはいった。

すると、これまた大きな玄関が目の前にあった。

玄関自体、庶民の家にはない。まして、このような間口二間もある玄関など設置することを許されていない。

下男に、主人に会いたいというと、

「主《あるじ》の源兵衛は、いま旅に出ております」

という返事が返ってきた。

いつ帰ってくるか分からないそうだ。

陣九郎は、居留守を使われているのかと疑い、長屋を追い出されそうなので、助けを請いにうかがったと下手《したて》に出た。

だが、下男の返事は変わらず、そのようなことを自分にいわれても、なんと応えてよいのか分からないといわれた。

陣九郎たちは、すごすごと引き返すほかなかったのである。

「いってえどうしたらいいんです。引っ越さなくちゃならないと、とりあえず金が必要だが、それがねえときてる」

金八が、暗い顔でいった。

岩本町から戻って、信吉の部屋に入り、善後策を練っている最中だ。

残っていた三蔵、磯次、東吉、そして辰造も起きて輪に加わっている。

「どうなっているのか、もっと探らねばならんな。皆は仕事をしてくれ。俺が探ってみよう」

陣九郎の言葉に、

「あたしも、出来るだけ木暮の旦那の力になります」

三蔵が応えてくれた。

「ありがてえ。頼んますよ」

金八が手を合わせて拝むようにしていった。

「じゃあ、木暮の旦那にまかせるとして……腹減ったぜ。なにかねえのか」

辰造の言葉に、

「昨日、酒盛りで、食べちまったよ」

信吉が首を振った。

ちょうど昼餉の刻限だ。

「屋台でなにか腹に入れて仕事してくら。引っ越すことになったら金が要るからなあ。じゃ、またな」

磯次が部屋を出ていくと、次々とつづいた。

皆、金を稼ごうと必死な面持ちになっている。

「三蔵、お前も働いて金を貯《た》めたほうがよい。力を貸してくれるのも、余裕のあるときでよいぞ」

陣九郎が三蔵にいう。

「はい。無理のないようにやりますよ。それにしても、木暮の旦那は、金のほうはよいので」

三蔵は心配げだ。

「まあ、皆と同じようにからけつだが、なんとかなるだろう」

陣九郎は、笑いながら応えた。

陣九郎は、地主についてさらに調べようと、その日の曲斬りは休みにした。

一膳飯屋で腹を満たすと、岩本町へと再び出かけた。

三蔵も、仕事は夜だけにするといって、陣九郎についてきた。

二人は、地主の源兵衛について、屋敷の近くにある店に聞きこみをした。

だが、皆、源兵衛の大きな屋敷については知っているが、その主がどのような者か、その顔も見たことはなかった。

夕暮れになるまで、岩本町を歩きまわっていたのだが、なにも収穫がなかった。

「なんだか疲れちまいました。今夜は休もうかな」

三蔵は、二日酔いがひどかっただけに、顔色も悪くなっている。

「付き合わせてしまって悪かったな」

「いえいえ、あたしの好きできたんですから。それにしても、源兵衛ってのは、どんな奴で、なんのために長屋を壊そうとしてるんだか」

陣九郎は、追い出されるという不安はあるが、それ以上に、土地が売られるという話に、不穏なにおいを嗅ぎ取っていた。

二人は押し黙って、相生町への帰途についた。

歩いているうちに、あたりはどんどん暗くなっていく。

「木暮の旦那、腹が空きませんか。あたしゃ、ぺこぺこで」

三蔵の問いに応える代わりに、陣九郎の腹がぐーっと鳴った。

豊島町《としまちょう》の通りを歩いていたが、蕎麦屋があったので入る。

入れこみに座ると、

「あっしは、つけとろ蕎麦ってえやつを」

「俺は、花巻《はなまき》蕎麦……いや、蕎麦に天ぷらをつけてもらおうか」

三蔵の頼んだつけとろ蕎麦とは、蕎麦汁にとろろ芋をすりおろしたものが入っており、それに蕎麦をつけて食べるものだ。

花巻蕎麦とは、熱い蕎麦に炙《あぶ》った海苔《のり》を載せたものである。

寒い冬は、陣九郎はたいてい花巻蕎麦を食べるのだが、暑い季節であり、歩きまわった疲れを癒《いや》すために、天ぷらを奮発することにした。

「うーっ、旨《うめ》えっ」

三蔵はつけとろ蕎麦を、あっというまに平らげて、お代わりを注文している。

「蕎麦は旨いが、どうも、この天ぷらは……」

陣九郎は、天ぷらに不満だった。衣がつきすぎており、油が悪いのか胸焼けがする。

蕎麦をもう一枚頼む。それで、空腹がなんとか収まった。

衣を外して中身だけを蕎麦と食べた。

酒を呑まなかったのは、どうせまた長屋で呑んでいるに違いないので、帰るまで我慢することにしたのである。

蕎麦屋を出ると、あたりはすっかり暗くなっていた。

月には薄い雲がかかって、ぼんやりとした明かりしか差していない。

陣九郎と三蔵は、やがて柳原《やなぎわら》通りに出た。

しばらく歩けば、繁華な両国の西広小路《にしひろこうじ》に出る。それまでは、提灯《ちょうちん》を持っていないので、ぼんやりとした視界に我慢しなくてはならない。

夜に出歩く場合には、提灯を持たなくてはならないのだが、いつも持っていられるわけではない。

足早に歩いていると、背後から殺気が迫ってきた。

「三蔵、気をつけろ」

陣九郎は声をかけると、立ち止まった。

背後から迫ってきた人影は、いずれも浪人のようで、数は四人。

そのうち、二人が陣九郎と三蔵を追い越すと、振り返って止まった。

二人ずつに挟まれた形になる。

「俺たちに、なんの用だ」

陣九郎が前の二人に問いかけた。

「源兵衛についていろいろと聞きこんでいたようだが、今後はやめてもらいたい」

背の低いずんぐりしたほうが応えた。

「ほう……それはなぜだ」

「わけは訊くな。これ以上、ちょろちょろすると、痛い目に遭うことになる」

「よほど触れられたくない弱みでもあるようだな」

「弱みではない。お前たちに忠告しているだけだ」

「それはまた親切なことだな。かたじけない」

「なら、もう忘れろ」

陣九郎の聞き分けがよいと思ったのか、浪人二人は、横にどいて前を空けた。

「忘れろといわれてもなあ……長屋を出たくないから、源兵衛どのに直《じか》に頼みたいのだが、旅に出ているそうだな。俺たちはどうすればよいのだ」

陣九郎は歩き出さずに訊いた。

「どうもこうも、おとなしく長屋を出ればよい。それなりの金も出るはずだ」

「ほう、俺たちにも金が出るのか。そんなこと喜八はいってなかったな」

三蔵を見る。

ことだ。そして、もう二度とこちらにくるな」
「それは、喜八という大家と話し合ってもらえばよいことだ。わかったら、もう帰る
「はい、そんなことは露ほども」

「…………」

陣九郎は、応えずに歩き出した。

「おい、分かってるんだろうな」

陣九郎の背中に声が飛ぶ。

「考えておこう」

陣九郎は振り返らずに応えた。

「こ、この……」

さきほどまでとは違う声がした。

「待て。必要以上にことを荒立てることはない」

これまでと同じ声がして、

「また嗅ぎまわるようなら、痛い目といわず、命を頂戴するぞ」

脅しの文句を浴びせかけてきた。

陣九郎は、なにもいわずに、三蔵を従えて歩き去った。

浪人たちは、追いかけてはこなかった。

源兵衛のことを少し探っただけで、脅されたのである。陣九郎は、このことの裏には、なにか途方もないことがあるような気がした。

やがて、西広小路の喧騒《けんそう》が聞こえてきた。

四

「ど、どうしやす、木暮の旦那。たいそう剣呑《けんのん》じゃないですか。喜八はきっと、俺たちに渡す分までも猫ばばしようとしてたんですよ。その金をもらって、長屋を出たほうがよいのではないですかね」

三蔵が歩きながらいった。

「怖《お》じけづいたのか」

「いやあ、怖じけづくほどじゃありませんが……何かありそうだから、触らぬ神に祟《たた》りなしっていうじゃありませんか」

「まあな……長屋に帰ったら、皆に話してみよう」

陣九郎たちが長屋に帰ると、思ったとおりに酒盛りが行なわれていた。

この夜は、金八の部屋だった。

「どうだったんです、地主はいうことを聞いてくれやしたか」

金八が、部屋に入ってきた陣九郎に真っ先に訊いた。

陣九郎は、源兵衛の屋敷のまわりへの聞きこみは収穫がなかったこと、そして、帰り道で浪人四人に脅されたことを話した。

皆、脅されたことに一瞬怯えた顔を見せたが、すぐにそのことを脇に置き、

「旅に出ているなんて嘘に決まってら」

信吉が顔をしかめた。

「俺たちにも金が出るはずだったんだな。それを喜八の野郎……」

東吉が歯ぎしりをした。

「それで、どうする。喜八はひどいが、その金を受け取ったら、出ていかざるを得ないぞ」

陣九郎の言葉に、皆、困った顔になった。

喜八は許せないが、金を受け取って長屋を出るのは嫌だ……それが、長屋の連中の一致した気持ちだった。

「では、さらに源兵衛について調べてみよう。裏になにがあるのか知らなければ、ど

うしようもないからな。その裏のことが分かって、とても俺たちの手に負えないと分かった場合には、おとなしく出ていかねばならんが、それでいいか」

陣九郎の言葉に、

「いいでやすとも。このまま出ていくなんて、どうにも割り切れねえ。せめてその裏のことってのを知りたいでやす」

金八がいい、皆、賛同する。

「でも、木暮の旦那が危ない目に遭わないかね。あたしはそれが心配で……」

三蔵が顔を曇らせていう。

「そんなことは気にするな。俺は、どういうわけか、この長屋が好きだ。出来れば、このままここに居つづけたいと思っている。だから、そのためにも、もっと調べたいのだよ」

「ですが、木暮の旦那……危ねえと思ったら、長屋のことなんかどうでもいいから、逃げてくだせえよ」

金八がいうと、ほかの皆も、木暮の旦那の命には換えられないといった。

「ところでよ、あのお千って女なんだが……」

信吉が声をひそめていった。

「お千か……引っ越してきたばかりなのに、また出なくちゃならねえのは、ちょいと可哀相だな」

という磯次に、

「それがよ。長屋を追い出されそうだと話したらよ、あまり驚かねえんだよ」

「なんていってたんだ」

「そうかい、それならまた長屋を探さなくちゃね、なんて、至極あっさりしたもんなんだよ。怪しくねえか」

「なぜ、怪しいんだ」

磯次は、首をひねる。

「驚かないのは、すでに知ってるってことかもしれねえ。とすると、なぜここにきたのかってことだ。ひょっとするとよ……」

信吉は、お千は、長屋の連中をうまく追い出すためにやってきたのではないかといった。

「おいおい、お千が源兵衛の手下《てか》だっていうのか」

磯次が目を丸くして訊く。

「ああ。こうやって話していることを盗み聞いて、逐一、源兵衛に知らせているのかもしれねえぞ」

　信吉の言葉に、皆、戸口を見る。そこには、誰もいないが、見えないところで、お千が耳をそばだてているのではないかという気がしてくる。

「そうやって疑心暗鬼になるのはよくないぞ」

　陣九郎の言葉に、

「でも、端《はな》から信じてしまうのはどうかと思いますが」

　文太郎が突然口をはさんだ。

「なにか、お千について知ってるのかい」

　信吉が訊く。

「いえ、なにも知りませんが、人をあまり簡単に信じるのはどうかと……」

　文太郎の表情には、翳《かげ》りがあった。

（店のことで、かなり鬱屈《うっくつ》があるのだろうな）

　陣九郎は、文太郎を見てそう思った。

「義母のことで、人を疑いやすくなってしまっているのかもしれません」

　文太郎は、苦笑しながらいった。

「まあ、お千が源兵衛に通じていたとしても、こちらはなにもうしろ暗いことはないのだから、気にすることはない。ただ、この長屋に住みつづけたいというだけなのだからな」

陣九郎の言葉に、

「でも、木暮の旦那が、まだ調べつづけるってことは、あまり大きな声でいわねえほうがいいですぜ」

信吉が声をひそめて応えた。

やはり、陣九郎の身が心配なのである。

「酒盛りしている皆さんは、たいそう楽しそうです。わたしは、すぐに酔っぱらって寝てしまいますが、それでも楽しくてしかたありません。こんな楽しいときを一緒に過ごせなくなるなんて理不尽ですよね。なにか、わたしにも出来ることがあったら、仰ってください」

文太郎の言葉に、皆、感謝した。

お千は長屋に帰ってくると、陣九郎の部屋に明かりがないのをたしかめた。そして、酒盛りをやっている金八の部屋をうかがう。

いつもより静かな酒盛りに、小首をかしげた。

しばらく耳を澄ましていたが、なにも聞こえてこないので自分の部屋に入った。

翌日、陣九郎は朝早くから岩本町へと向かった。

あの浪人四人は、どこから現れたのか、それが気になる。

また襲われたら、今度は刀を抜かれるだろうから、変装をした。

古着屋で調達した虚無僧《こむそう》姿である。

天蓋《てんがい》と呼ばれる筒状の深編笠をかぶり、肩から背中に袈裟《けさ》をかけ、鼠色の無紋の小袖に丸ぐけの帯をしめた。

足には高下駄を履《は》き、腰には刀を一本差しにして、尺八を持つ。

その格好で長屋を出ようとしたときに、腰高障子を開けてお千が出てきた。

「あら、どうしたんですか、その格好は」

お千は、目を丸くして驚いている。

「大道芸をしているのでな。虚無僧に扮しての居合はどうかと思ったのだが……いかんかな」

陣九郎は、適当にはぐらかした。

「ちょいと風変わりでよいかもしれませんねえ」

お千は、陣九郎の姿の上から下まで、嘗《な》めるように見ている。

よほど、妙なのかなと思っていると、

「おやおや、木暮の旦那も、金に困って偽《にせ》虚無僧ですかい」

顔を洗いに出てきた辰造が、へらへら笑っていった。

軽口半分、本気半分の言葉のようで、

「そこまで金に困ってはおらんぞ。博奕《ばくち》で負けつづけのお前と違ってな」

陣九郎はやり返した。

「うわっと、これは藪蛇《やぶへび》だぜ」

辰造は、頭をかいた。

ほかの連中は、すでに出かけているようだ。三蔵だけは、まだ眠っている。

お千と辰造に見送られながら、陣九郎は長屋の路地を出た。

辰造は、もうひと眠りするそうで、お千は、これから料理屋へいくのだそうだ。

陣九郎は、見よう見まねで、尺八を吹くことが出来る。だが、なるべく吹かずに歩きまわることにした。

ただ、虚無僧姿での聞きこみは、やりづらいので、ともかく、源兵衛の屋敷を外から見張ってみるつもりだったのである。

源兵衛の屋敷のまわりを歩き、ときにたたずみ、屋敷の出入りを見ていた。

正午をまわったが、まったくといってよいほど、人の出入りはない。

何度目か、源兵衛の屋敷の前を通っているので、これ以上、虚無僧の姿での見張りは無理だろうと、一旦戻り、ほかの変装を考えようと思った。

どのような格好になればよいのか、道々思案するつもりである。

「もし」

呼び止められたのは、長屋へ向かって歩き始めたときだった。

若い商家の手代《てだい》風の男が、近づいてくると、

「もしかして、源兵衛さんのことをお調べになってるんじゃ」

小声でいった。

一瞬、陣九郎の身体が強張《こわば》った。

変装していることが、こうも簡単に見破られているとは……。

陣九郎が無言でいると、

「いや、そうじゃないかと思いましてね。図星なら、あるおかたが、源兵衛さんについて、ぜひ、お教えしたいことがあると仰《おつしや》ってるんですがね」

「ほう……ぜひ聞きたいものだが」

「なら、この先に神社があります。社《やしろ》の裏で、そのおかたがお待ちしておりますから、そこにいってくださいまし」

男は、神社の方角を指で示すと、

「では、あたしはこれで」

といって、神社とは反対の方角へ去っていった。

(妙な話だな……)

陣九郎は、嫌《いや》な予感がしたが、神社へ足を向けた。

これが罠で、昨夜の浪人たちが現れるかもしれないと、覚悟を決めた。

そのときはそのときで、逃げるほかはない。

陣九郎には、命のやりとりをするつもりは、毛頭なかった。

やがて、鳥居が見えてきた。

五

石段を上がると、神社の社《やしろ》が見えてきた。

社の奥は、杜《もり》のようで、鬱蒼《うっそう》と木が繁っている。

陣九郎が社をまわって、奥へいくと……。

そこに、編笠をかぶったひとりの武士がたたずんでいた。

陣九郎が立ち止まると、武士は編笠を取った。

眉毛が太く、鷹のような目をした顔が現れる。

歳のころは三十ほどで、陣九郎と変わらない。それは背丈も肉付きもである。

見たところ、浪人のようではなく、江戸詰のどこかの藩士のように見える。

「源兵衛について、なにか教えていただけるとうかがったが」

陣九郎は天蓋を取って、武士にいった。

「いや、それは……鎌吉《かまきち》の嘘だ。それがしは、源兵衛などという男のことはなにひとつ知らない」

武士は、眉をひそめていった。

鎌吉とは、さきほどの手代風の男のようである。

「それは面妖《めんよう》な。では、なぜ俺を……俺が、木暮陣九郎と知ってのことか」

「左様。それがしは、松永小五郎《まつながこごろう》という。涌井《わくい》どのに頼まれて参上した」

松永小五郎という武士の言葉に、陣九郎は息をのんだ。

いきなり、小五郎の口から、涌井という名前が出たからである。

「涌井とは、涌井帯刀《たてわき》どののことか」

「いかにも」

涌井帯刀とは、陣九郎が仕えていた久住《くすみ》藩の江戸家老だった男だ。

陣九郎は、久住藩で馬廻りの役についており、いい交わした相手との祝言を控えた身だった。

十二年前のことである。

春の一日、陣九郎は剣術の稽古を終えると、祝言の相手志乃《しの》の元へと急いだ。

前日に城下で、志乃によく似合う簪《かんざし》を買い求めており、それを一刻も早く志乃に渡したかったのである。

志乃の父は、勘定方の藤井《ふじい》宗一郎《そういちろう》で、母は江戸家老涌井帯刀の妹だった。

その母は、志乃を産んでまもなく亡くなっており、父と娘だけの家である。

志乃は十七歳、陣九郎は二十歳で、周囲からも似合いの夫婦になるだろうといわれていた。

春の強い風が吹き、木々の枝や葉がざわざわと音を立て、砂塵《さじん》が舞っていた。

志乃の家はもうすぐだと、陣九郎はさらに足を急がせた。

家に着き、おとないを告げるが、応答はない。

門に閂《かんぬき》はかかっていない。

不審に思った陣九郎は、家の中に入っていった。

そして……。

そこで目にした光景は、いまも目に焼きついて消えることはない。

志乃が自害していたのである。

志乃の身体のまわりには血溜《ちだ》まりが広がっており、その首から血がまだ流れつづけていた。

志乃の右手には、懐剣《かいけん》が握られており、自ら喉《のど》を切り裂いていた。

呆然と立ちすくむ陣九郎に、背後から忍び寄る者がいた。

頭は空白になっていたが、剣客としての勘《かん》が働いた。

うしろを振り向くと、志乃の従兄《いとこ》である涌井一馬《かずま》が、刀を抜くところだった。

「うりゃあ」

一馬は、掛け声を上げて、抜いた刀で陣九郎に斬りつけた。

陣九郎は、このときのことをよく覚えていないのだが、体が自然と動き、刀を避けたようだ。

そして、陣九郎は瞬時に抜刀し、一馬の腹から肩にかけて斬り上げたのである。

「ぐふっ」

一馬は、血を吐きながら倒れ伏した。

陣九郎は、なぜ一馬に襲われたのか、それもよく分からないまま、刀を捨てると、志乃の亡骸《なきがら》のそばにひざまずいた。

「志乃どの……」

両の目から堰《せき》を切ったように涙が流れだした。

体の麻痺が解け、心が……体が引き裂かれるような悲しみが襲ってきた。

当て身を食らわされ縛られていた女中の話によって、ことの真相が明らかになった。

涌井一馬が女中を縛ったあとに、志乃を無理矢理に凌　辱《りようじよく》したのである。

一馬は、従妹《いとこ》である志乃に激しく懸想《けそう》していた。

志乃は陣九郎と祝言を挙げることになったのだが、一馬はどうしても諦めることが出来なかった。

そこで、力ずくで自分のものにしようとしたのである。

激しく求めてくる一馬を拒んでいた志乃は、一馬によって殴られ、半ば意識を失ってしまった。

凌辱されたあとに気がついた志乃は、懐剣で喉を裂いて自裁《じさい》したのである。

一馬は仰天し、あわてふためいたが、丁度そのときに、おとないを告げる陣九郎の声が聞こえた。

陣九郎が入ってくる物音がしたので、一馬はいったん庭に出て隠れた。

入ってきたのが陣九郎だと知ると、志乃を取られた憎しみが心に満ちあふれ、背後から襲おうとしたのである。

女中の証言から、ことの真相が解明され、陣九郎にお咎《とが》めはなかった。

志乃は陣九郎との祝言が決まっていたのであり、将来の妻を凌辱された陣九郎が、一馬を斬ったのは当然と思われた。

さらに、一馬も抜刀していた。無抵抗の相手を斬ったわけではない。

涌井一馬の咎は明らかである。

その責めを負って、江戸家老である涌井帯刀は役目を解かれ、隠居することとなった。

当初は、久住藩に戻っての隠居だったが、七年経って江戸へ出てきたのである。

もはや、帯刀が江戸へ出るのを止める者はいなかった。

帯刀には、江戸家老の役目についていた間に貯めた金があり、その暮らしは質素ではあるが、余裕のあるものだった。

陣九郎はというと、志乃を失った悲しみから立ち直るために、かなりのときを要した。しばらくは廃人同様になり、致仕《ちし》を申し出たころには、誰も引き止める者はいなかったのである。

やがて、陣九郎は江戸に現れた。あちこちを転々とし、人足仕事から用心棒まで、さらには剣術道場の師範代になり、ついには曲斬りをするようになり、いまにいたっているのである。

その陣九郎を、涌井帯刀は捜した。

志乃を凌辱し、陣九郎に斬られた一馬に同情する余地はない。だが、帯刀は一馬を溺愛《できあい》していた。溺愛していた息子を斬った陣九郎のことが憎かった。

帯刀の陣九郎に対する憎しみは、狂気じみたものである。

だが、帯刀を諫《いさ》める者はおらず、憎しみは増すばかりだった。

帯刀の放った刺客《しかく》を、これまですべて陣九郎は斥《しりぞ》けてきた。

もう帯刀も諦めたのではないかと思っていたのだが……。

「松永小五郎どの、あなたも、涌井帯刀の命を受けた刺客なのか」

陣九郎の問いに、

「そうだ。涌井どのには、ずいぶんと世話になっている。その恩を返さねばならないのでな」

小五郎は淡々と応えると、刀の鯉口《こいぐち》を切った。

「涌井どのが俺を憎むのは、筋違いとは思わぬのか」

「そんなことはどうでもよい。それがしと母は、涌井どののおかげで食べていけたのだからな」

小五郎の父親は、藩の金の使いこみという不始末が露顕《ろけん》した揚げ句に自裁した。残された母子が途方に暮れていたときに、涌井が面倒を見てくれたのだといった。

「それがしが長じて出仕することが出来たのも、涌井どののおかげだ。涌井どのが、これまで刺客を放っていたということは聞いた。それがしのことを、涌井どのは忘れておられたようだが、ここに至って思い出されたそうだ。思い出していただいたことを光栄と思い、貴公を斬るために江戸へとやってきた次第」

小五郎は、いい終わると刀を抜いた。

「やめろといっても無駄なようだな」

陣九郎は、溜め息をつくと、刀を抜いた。

社の裏で、二人はともに青眼《せいがん》に構えて対峙した。

生ぬるい微風が、二人にまとわりつくように吹いた。

第三章　最後の刺客《しかく》

一

小五郎は、すっと前に出ると、
「たあっ」
掛け声もろとも、陣九郎に斬りつけてきた。
陣九郎は、刀をはじき返し、一歩後退する。
（出来る……）
刀の振りが速い。
そして小五郎の力がいかに強いか、手の痺《しび》れが教えてくれた。
小五郎は、脇構えになると、じりっじりっと陣九郎に近づいてくる。
陣九郎は後ずさりたい気持ちを抑え、動かない。
斬り合いの間合いに入った瞬間、

「うおりゃあ」

小五郎の刀が袈裟懸《けさが》けに一閃《いっせん》された。

火花が散った。陣九郎の刀がまた小五郎の刀をはじく。

小五郎が二の太刀を振るった瞬間、陣九郎は素早く前方に跳んだ。

左肩に鋭い痛みを感じながらも、横薙《な》ぎに刀を一閃させる。

「うぐっ」

小五郎はうめくと、前のめりにどおっと倒れこんだ。

陣九郎の左の肩口は布地が切り裂かれ、血が流れ出していた。

（紙一重の差だった……）

後ろに跳んでいたら、致命傷を受けたのは陣九郎だったかもしれない。前方に跳ぶことによって、肩口だけの傷で済んだのである。

「さ……流石《さすが》だな」

小五郎の声が聞こえた。まだ息はあるが、目が虚《うつ》ろになりつつあった。

「斬らねば、俺のほうがやられた。悪く思わないでくれ」

陣九郎が、刀の血を懐紙で拭《ふ》き取りながら応えると、

「そ……それはしかたないことだ……涌井どののことだが……一月《ひとつき》ほど前に、突然倒

れた……」

「なに？」

「それがしのことを……思い出されたのは……床に臥《ふ》してからだった……」

涌井帯刀は、小五郎を呼ぶと、陣九郎を殺してくれと頼んだあと、息を引き取ったのだそうである。

「だ、だから……刺客は、此度《こたび》で最後だ……」

小五郎の目から、急速に光が失われた。

息を引き取ったことが分かると、陣九郎は刀を鞘《さや》に納め、小五郎のまぶたを指で閉じた。

このとき、ふと背後に殺気を感じた。

身構えつつ、素早く振り向くと……。

男が一人、中空から、匕首《あいくち》を振りかざして襲いかかってきた。

抜刀している間はない。

陣九郎は身体を丸くして、地面に転がった。

左肩の傷が痛んだが、気にしてはいられない。

男が着地するのと、陣九郎が立ち上がるのは同時だった。

刀の鯉口《こいぐち》を切って、男を見据えた陣九郎は、

「さきほどの者か……たしか、鎌吉といったか」

男に向かっていった。

神社の社の裏で、源兵衛について教える者がいると伝えた手代風の男だ。

「松永さまが斬られたほどの相手だ。俺ごときでは歯が立たねえか」

「お前は、いったい……それに、なぜ源兵衛のことを……」

陣九郎の問いに、

「あんたが源兵衛って男の屋敷を見張って、なにか探っているのは知っていたのさ。だから、それを餌にここにおびき出したまでのこと。あとは、松永さまが斬ってくれると思っていたのだがな。とんだ見こみ違いだ」

鎌吉から殺気は消えていた。

だが、陣九郎は油断をせずに鯉口は切ったままである。

「お前も、涌井どのの手の者か」

「そうだ。松永さまを、お前のところに連れてきたのは俺だ。ずっと、江戸であんたのことを見張ってたのさ」

「なぜ、俺が虚無僧に扮していると知っていたのだ。それも見張っていたから分かっ

ていたというのか」

ふと気になったことを訊いた。

「そのことか……」

鎌吉は、ふっと笑うと、

「まあ、そんなところだ」

「歯切れが悪いな」

「それはそうと……かなり血が出てるじゃねえか」

鎌吉は、にやりと笑うと、

「弱ってきたら、俺でも敵《かな》うかな……」

匕首を構え直す。

「やめておいたほうがいいぞ」

陣九郎の言葉に、

「冗談だよ。敵うわけがねえ」

鎌吉は匕首を納めると、小五郎の死骸を見やった。

「このままじゃあまずいんで、俺が骸《むくろ》の始末をするぜ。あんたは、もう行ってくれねえかな」

鎌吉の言葉に、陣九郎はその場から歩き去ろうとしたが、

「松永どのは、此度で最後だといったが、自分が最後だとはいわなかった。お前も最後の刺客の一人か」

「まあ、そうなるかな。だとしたら、いま斬るかい」

鎌吉は、後ずさる。

「襲ってきたら、斬る。そうでないなら、放っておくが」

「へへ。いつ襲うか知れねえぜ」

「お前のほかに、刺客はいるのか」

陣九郎の問いに、鎌吉は首をひねると、

「いねえな……」

「歯切れがまた悪くなったな」

「俺も刺客なのか、分からなくなっちまっただけだ。まあ、涌井さまが亡くなってしまってるから、俺だって、もう襲うこともねえんだけどよ。松永さまのような武家じゃねえんでな」

「武士でなくとも、恩義を感じているのではないのか」

「なんだよ。襲ってほしいみてえないいかたじゃねえか」

男は、面白そうに笑った。

「襲ってもらいたいわけではないが、ちと薄情だと思ってな」

陣九郎も苦笑する。

「自分の命を懸けるほど、恩義はねえってことだ。それで腹に落ちてくれたら、いいんだけどよ」

「なるほどな」

「分かったなら、早くいってくれよ。骸の始末は手間がかかるんでな」

男の言葉に、陣九郎はその場をあとにした。

陣九郎は、境内《けいだい》にいる間に、肩口の傷の止血をした。

手拭を裂いて、傷の上をきつく縛ったのである。

幸い、傷は深くはなさそうだ。

陣九郎は、男に見張られていたのなら、その気配を感じられなかったことが悔しくもあり、首をかしげたくなりもした。

一度も、男に見られている気配を感じなかったのである。

(俺も、ずいぶんと鈍くなったのかもしれぬなあ……)

陣九郎は、首を振りつつ歩いた。

人通りのある道に出ると、皆、ぎょっとした顔で陣九郎を見る。

天蓋をかぶった虚無僧姿で、肩口が裂けて、血の汚れが袈裟や着物に飛び散っているのだから、目立ってしかたがない。

役人に呼び止められたら面倒なので、駕籠《かご》を奮発することにした。

二

陣九郎は、誰にも負傷したことを知られずに済んだ。

仕事で出かけている者たちは、皆、まだ戻ってきていなかったからだ。

三蔵は、丁度八卦見に出かけたところで、すれ違いだった。もし会っていれば、いろいろと説明せねばならず、面倒だったのだが、それが避けられたのはよかった。

裸になり、傷口に薬を塗ると、晒《さらし》を巻いて着替えた。

虚無僧の着物は、後日燃やすことにして、畳《たた》んで仕舞っておく。

それから夜になるまで、陣九郎は眠った。傷のために、少し熱が出たようだが、夜になり、酒盛りの声が聞こえてきたときには、下がっていた。

（涌井帯刀どのが亡くなったか……）

涌井帯刀が死んだと、松永小五郎から聞かされたことを思い出し、陣九郎は胸に押し寄せてくる感慨があった。

志乃の自裁《じさい》の後、陣九郎は自ら斬り殺した涌井一馬に、ずっと祟《たた》られていたようなものである。

いつまで刺客が放たれるのか、それは陣九郎が死ぬまでつづくのか……とまで、思っていたのだが、帯刀の死により、突然途絶えることになったのである。

（もう、刺客に襲われることはない……）

さきほどの鎌吉が一人残っているが、襲ってはこないだろうという気が陣九郎にはしていた。損得で動く男のようだからである。金づるである帯刀が亡くなり、使われていた小五郎が亡くなったのであるから、鎌吉が陣九郎を狙う理由はないだろう。

陣九郎は、酒盛りの輪に加わろうかと腰を上げたが、部屋の隅に寝酒を入れた徳利があることを思い出した。

（たまには、一人で呑むか）

文太郎はいない。おおかた、酒盛りの輪に加わっているのだろう。すでに眠ってしまっているかもしれない。

そのまま金八の部屋で眠ってしまうか、このところ無断で寝ている部屋へいくのかもしれない。やはり、陣九郎に遠慮しているようなのだ。

祝い酒というには、斬った小五郎や、これまでの刺客に申し訳ない気がする。しみじみと、倒した刺客たちに、そして、涌井帯刀に、心の中で合掌しつつ、一人だけの別れの宴《うたげ》をすることにした。

一人でゆっくりと呑む酒も旨いが、少し苦い味がした。

刺客が放たれなくなったことで、完全に久住藩との縁が切れたことになる。それはそれで、妙なことなのだが、寂しさを覚えていた。

磯次が酒盛りに誘いにきたが、疲れたといって断る。

源兵衛については、なにも分かっていないと告げねばならず、心苦しかった。

文太郎は、酒盛りの輪の中で、皆の不安を聞いていたが、そこで痛感するのが、やはり自分は長屋の住人ではなく、居候《いそうろう》に過ぎないのだという事実だった。

自分はどう生きるのがよいのか、自分にはなにが出来るのか、そろそろ真剣に考えなくてはいけないと思いつつ、前に進めない自分が歯がゆかった。

翌朝。皆、目を覚ましてはいるが、早朝から仕事に出る納豆売りの金八と、振り売りの磯次のほかは、まだ長屋にいるころあい。

「おい、文太郎はいるかい」

長屋の路地に大声が響きわたった。

なにごとかと、まず東吉が顔を出す。

すると、眉間に傷のある男が、東吉を睨んだ。

借金の取り立てをしている吉蔵だ。

東吉は、あわてて顔をひっこめた。

吉蔵のほかに二人、長屋の路地口に控えている。以前に、文太郎を追いかけていた者たちと同じ面子《めんつ》だ。

「文太郎!」

もう一度、吉蔵が怒鳴ると、

「おい、静かにしろ。まだ寝ている者もいるのだ」

陣九郎が部屋から出てきた。

「いつっ」

思わず声を上げたのは、左肩の傷が痛んだからだ。

塞《ふさ》がった傷のある部分が引きつるような痛みで、たいしたことはない。

「おっと、また出てきやがった。やはりあんたが匿《かくま》ってたのかよ」

吉蔵は、陣九郎に対し身構えた。

「よくここが分かったな」

陣九郎の問いに、

「文太郎を、ここらへんで見かけた奴がいたのよ。それを手がかりに捜しまわったんだが、骨が折れたぜ」

夜にこの長屋を探し当てたが、皆眠っているようなので、遠慮して今朝にしたのだといった。

「もう少しあとにしてもらいたかったな」

陣九郎がいうと、

「もう起きてもよいころあいだぜ」

吉蔵はいい返すと、また怒鳴ろうと口を開けた。

そのときである。空いている部屋の腰高障子が開き、文太郎が顔を見せた。

「あのう……金なら返しますよ」

文太郎は眠そうな顔でいう。

金八の部屋で寝入ったが、夜中に気がついて空き部屋に引き上げたようだ。

「えっ……」

「おっ……」

「へえ……」

金八の部屋から声がした。納豆売りに出た金八はいないが、東吉と信吉、そして辰造が酒盛りのあと、そのまま寝たらしく、顔を覗かせて驚いている。

だが、もっとも驚いたのは、吉蔵だった。

「そ、それは本当かよ。どうやって、お前が金を作ったんだ。十両って金を」

吉蔵は、文太郎に近づき、詰問した。

「い、いや、十両なんて、そんな金はいっぺんには用意出来ない。まずは、この二分……」

文太郎は、懐から小粒の詰まった布袋を取り出した。

「に、二分……おい、なめんじゃねえぞ」

息巻く吉蔵に、

「こ、これでご勘弁を。なにせ、勘当寸前の身ですので、親には無心出来ず……一気にお返しするのは難しいのですよ」

文太郎は、平身低頭する。

「お前なあ、利子ってもんが膨らんでくるんだぜ。そんな悠長なこといってたんじゃ埒《らち》があかねえんじゃねえのかよ」

「そう仰いましてもですね、これが精一杯なんですよ」

文太郎の言葉に、吉蔵は舌打ちすると、

「そんで、どうやって返してくってんだよ。親分になんていえばいい」

「今日から、わたしは働くことにしました。少しずつでもお返ししますから、なんとか勘弁していただけないでしょうか」

「働くって……なにをするってんだよ」

「貸本屋をすることになりました。いま病に臥《ふ》しているかたがおられまして、そのかたの代わりに得意先をまわらせていただくことになりました」

貸本屋は、以前からの知り合いなのだという。

町の商家や、遊廓の遊女などに本を貸し出すそうだ。

すでに得意先があるのなら、一定の稼ぎにはなるだろう。

「だがよ、そんなんじゃ、たいして稼げねえじゃねえか。いつになっても、全部は返せねえぜ」

吉蔵は、呆れた顔になる。

「身を粉にして働けば、もっと稼げるようになると思います。ですから……」

「しょうがねえなあ……」

吉蔵は、顎に手をやり、顔をしかめた。

「もし返せないのなら、どうしようというのだ。この前も追いかけていたようだが、捕まえてどうするつもりだったのだ」

陣九郎が横から訊いた。

「どうって……こいつを種《たね》に、こいつの親父から金を出させようとな」

「それは無理のようだぞ」

「なぜだ」

「文太郎の父親は、後添《のちぞ》えに頭が上がらないそうだ。後添えと文太郎は仲が悪い。お前がそのような話を持っていけば、本当に勘当となるだろう。もし、勘当されないなら、近いうちに、文太郎は店に戻ることが出来るやもな。そうなったときに、それまで返した分をひいた残りを返してもらえるだろう。勘当になってしまえば、それが解けるのは難しいし、仮に解けたとしても、かなり遠い先のことだろう」

陣九郎の言葉を、吉蔵は反芻《はんすう》しているようだった。

しばし思案していたが、

「くそっ……」

悪態をついた。

陣九郎は、ここで立ちまわりをするつもりはない。力ずくでというのなら、路地から出て、どこか空き地へいこうと思っていた。

だが、吉蔵は、

「じゃあよ、三日に一度、働いた分の金を受け取りにくるからな」

文太郎にいい置くと、すんなりと帰っていった。

「なんだ、拍子抜けするじゃねえか」

吉蔵たちの姿が見えなくなると、覗いていた東吉がいった。

(そういえば、悪態をついたときも、あまり悔しそうではなかったな)

陣九郎は、吉蔵の気迫が、前とはどことなく違うような気がしていた。

それは、気のせいかもしれなかったのだが……。

げるばかりだった。

三

吉蔵が、なぜ聞き分けよく帰っていったのか、当の文太郎をはじめ、皆、首をかしげるばかりだった。

ともあれ、無理矢理に拉致《らち》されることもなくなったわけだが、

「でもよ、気をつけたほうがいいぜ。あいつ、おとなしく引き下がったと見せかけて、木暮の旦那のいないところで、お前を連れ去る算段でもしているんじゃねえか」

信吉が、疑り深そうな顔でいう。

「ならば、文太郎が外に出たところをさらっていけばよいだろう。あのように、わざわざ大声上げてやってきたのは、違う思惑があってのことではないのかな」

陣九郎の考えは違った。

「では、どういうわけで」

文太郎の問いに、

「皆の前で、あんたは金を少しずつでも返すといったな。それを違《たが》えることになると、味方だった長屋の面々も、呆れて見放すことになるだろう」

「そ、そこまで、あの吉蔵が……」

「まあ、あの男の思案かどうか分からぬがな。吉蔵を使っている金貸しがそう命じたのかもしれぬよ」

「なるほど……」

文太郎は、そこで納得し、

「今日から真面目に働いて、少しでも返します」

まだ気がかりなことは残っているが、精一杯明るい顔でいった。

陣九郎は、文太郎のためにいったのだが、本当に吉蔵にそのような思惑があったかどうかは分からなかった。


陣九郎は、残り飯に味噌汁をぶっかけて朝餉《あさげ》とした。

源兵衛の屋敷を見張るために、この日はどんな格好に身をやつすか思案する。

だが、けっきょく虚無僧しか思いつかない。

(それでは駄目だ。二日もつづけて虚無僧がうろついていたら、目につく)

そもそも、陣九郎は、町奉行所の隠密廻り同心でもなければ、火付盗賊改方《ひつけとうぞくあらためがた》の与力や同心でもない。

そうした役人たちは、変装するのも上手だろう。いわば探索の玄人《くろうと》だ。だが、陣九郎は探索の素人《しろうと》なのである。

面倒だから、そのまま源兵衛の屋敷へ向かおうかと思ったが、また襲われるのはかなわない。

（困ったな……）

長屋の皆は、陣九郎に期待している。それが分かるだけに、なんとかせねばと思うのだが……。

井戸端に出て水を飲み、そこで腕組みをしながら唸《うな》っていると……。

「あら、なにを難しい顔をしてらっしゃるんですか」

水を汲みに出てきたお千が笑いかけてきた。

「いや……」

陣九郎は、顎をぽりぽりとかいて苦笑したが、

「今日は、なにに姿を変えようかなと思ってな」

「姿を変える……ですか？」

お千は、目を丸くした。

長屋に住み始めたばかりのお千にも、関わり合いのない話ではないと思い、忌憚《きたん》な

く話そうと決めた。

「たしか、立ち退きを迫られていることを、信吉がお千どのに話したはずだが」

陣九郎は、そのために地主の源兵衛に掛け合おうとしているといった。

「そうなんですか。それは大変ですね。あたしは、引っ越してきたばかりなのに、どうしようかと思っていたんですけどね。幸い、つぎに住む場所も見つかりそうなんで、ほっとしているところなんですよ」

「ほう、それは手まわしがよいな。俺たちは、出ていかずに済む方法はないかとあたふたしている。それに比べて、お千どのは、逞《たくま》しいな」

「そうでなくちゃ、女一人で生きてけませんよ」

お千は、口を押さえて、ほほほと笑い、

「それで、昨日は虚無僧の格好なんかしてらしたんですね」

といった。

「二日つづけて虚無僧はどうかと思い、思案していたのだが、どうすればよいのか途方に暮れておったのだ」

なにか思いつかないかと、陣九郎はお千に訊いた。

「そうですね……」

お千は、顎に人差し指を当てて思案していたが、

「それよりも、羅宇屋の信吉さんや与次郎売りの東吉さんなら、そのお屋敷のまわりをうろついていても平気なんじゃないですかしら。納豆売りや振り売りは、その土地に人がまわっているから、入りづらいけれど……」

お千のいうことは至極もっともだ。

陣九郎も、昨日、それを考えた。

だが、襲われたことを思い起こせば、二人をそのような危ない目に遭わすことは出来なかったのである。

「ふむ、そうだな……」

陣九郎は生返事をした。

剣呑なことが起こっているとは、お千にはいいづらかったのである。

「木暮さまが身をやつすなら、逆に浪人のなりではなく、主持《しゅも》ちのお侍になればよいのではないかと」

お千の言葉に、陣九郎は、

「それはよいな。顔は編笠で隠せばよいのだし……」

まるで違う姿格好の者に変装することばかり考えていたので、それを思いつかなか

ったのが不覚なような気がした。

部屋に戻ると、なけなしの金を持って、両国橋を渡った。

西広小路を抜けると、神田川沿いの柳原通りへ出る。

柳の木が堤に並んで植えられており、道側には、昼間のあいだ、古着屋や古道具屋が軒を連ねている。

日が暮れると、店を畳んでしまい、夜は夜鷹《よたか》がどこからともなく現れてくる。昼と夜の顔がまるで違う通りだ。

陣九郎は、一軒の古着屋へ入ると、小奇麗な小袖と袴《はかま》を買った。

古着を風呂敷に包んで、陣九郎は西広小路まで戻った。

芝居小屋の裏手へまわりこむと、顔なじみの道具方が、煙草《たばこ》を吸っていた。

「おや、木暮の旦那。曲斬りを休んでいなさるようだが……」

陣九郎の顔色を見て、

「身体は悪くねえようですね」

「いろいろとあってな。それで、ちと頼みたいことがあるのだ。ここで着替えさせてはくれないか」

陣九郎の頼みを快く引き受けた道具方は、芝居小屋の中へと陣九郎を入れてくれた。中で着替えて、それまで着ていた着流しは預かってもらう。

編笠も小屋にあったものを借りた。

「ほう、立派におなんなすったじゃありませんか」

道具方が、まんざらお世辞ではなくいう。

陣九郎は、その格好で日本橋の岩本町へと向かった。

ゆっくりと源兵衛の屋敷の近くへと歩いていく。

どこかに見張りの者がいるのだろうかと思うが、なんでそれほどまでにするのか、それもつきとめたかった。

(源兵衛に会えないとなると、見張りの者を捕らえて、責め苦を与えて源兵衛の企みを吐かせるという手もあるな)

などとも思ってみる。

源兵衛の屋敷が見えてきた。編笠の前を、燕《つばめ》が滑空《かっくう》して降りてきて、また空へと飛んでいった。

朝なので、まだそれほど暑くはなく、過ごしやすい。

空は青く晴れ、ときおり涼しい風が吹いてくる。

(このようなことでなければ、気分がよい日なのだがな)

陣九郎は溜め息をつくと、源兵衛の屋敷へ近づいていった。

この日は、まず、源兵衛の屋敷の近くにある小間物屋に入り、手拭を買った。そのついでに、それとなく源兵衛の姿を見たかどうか訊いてみる。

「このところお見かけしていませんねえ。女中さんが、源兵衛さんは旅に出たと前にいってましたから、まだお帰りではないと思いますよ」

それが応えだった。

屋敷へいってもしかたないわけだ。

だが……。

(旅にいっているというのが嘘の場合もありうるな)

立ち退きの理由がまるで分からないので、源兵衛が旅に出ているというのは、立ち退く者たちに会いたくないための口実かもしれない。

(もう少し様子を見るにしくはないか)

陣九郎は、屋敷のまわりを一巡りすると、誰にも見られている気配がないことをたしかめた。

とりあえず、屋敷の門を見張ることの出来る蕎麦屋の二階に上がった。

虚無僧姿では、そこに入って見張るのは躊躇《ためら》われたのだが、いまの格好ならなにも問題はない。

蕎麦がきを肴《さかな》に、酒をちびちびとやりながら、源兵衛の屋敷を見張った。

四

「おや……」

見覚えのある浪人者が、歩いてくるのが目に入った。

源兵衛の屋敷に入っていく。

ただ、源兵衛について調べるなと脅した浪人なので、源兵衛の屋敷に入っていくのは当然だ。

（こうやって見張っていても、源兵衛のことが分かるのだろうか）

陣九郎は、見張っていることが虚《むな》しくなってきた。

あれこれ思いを巡らせていると、昨日、襲ってきた涌井帯刀の刺客松永小五郎と、鎌吉のことが頭に浮かんできた。

（虚無僧に扮していたのに、なぜ鎌吉は俺だと分かったのだろう）

陣九郎は、それが不思議だった。

しかも、鎌吉は、源兵衛について教えることがあると嘘をついて、神社の社の裏におびき寄せた。

（俺のことをよく知っている者が、鎌吉に通じていたのだろうか）

天蓋《てんがい》をかぶり、虚無僧の姿をして長屋を出たとき、誰かに見られているという気配は感じなかった。

（あの朝……）

陣九郎を見た者を思い出すと……。

（お千と辰造だ）

お千を怪しむ声が長屋であったが、それは源兵衛と通じているのではないかというものだった。だが……。

（お千は、涌井帯刀と掛かり合いがあるのかもしれない。俺が虚無僧姿で出かけたことを、鎌吉に教えたのだとしたら……）

充分に有り得る気がした。

（だが、わざわざ、そのためにお千は、からけつ長屋に越してきたのだろうか）

陣九郎は、お千に訊いてみなくてはならないと思った。

正直に話してくれるとは思えなかったが、そのときの反応で、分かることがあるだろう。

昼下がりまで粘ったが、見覚えのある浪人が屋敷に入っただけで、ほかに動きはまったくなかった。

蕎麦屋の親爺《おやじ》も、陣九郎が長居をしているのを怪訝《けげん》に思っているようだ。

陣九郎も、その場にいるのに飽いてきたので、腰を上げることにした。

蕎麦屋を出ると、念のために、もう一度屋敷のまわりをまわってみてから帰ろうと決めた。

蕎麦屋を出たときである。

屋敷に向かって歩いている一人の若い男に気がついた。商家の手代風の男だ。

蕎麦屋の二階から下に降り、勘定を払っているあいだに、男は屋敷に近づいてきたのだろう。

陣九郎は、ゆっくりと男のあとから歩く。

男は、源兵衛の屋敷の門の中へと入った。

陣九郎は通りすぎながら、蕎麦屋に居つづけていればよかったと悔やんだが、もう遅い。

ほかにまた見張る場所はないかと歩いていたが、適当な場所が見つからない。

しばらく歩き、

（いかん、いかん。あの若い男が長居すると決まったわけではないぞ）

あわてて立ち止まった。すぐ横に路地口がある。

路地口に入って、そこから屋敷の門を見張ることにした。

あたりを歩く者は、そこに武士がひとりたたずんでいることに、さして怪しい目を向けることはなかった。

皆、忙しそうなのである。だが、屋敷のまわりを見まわっているような者がいたとしたならば、すぐに陣九郎のことが目についてしまうだろう。

（見つかったなら、そのときはそのときだ。一目散《いちもくさん》に逃げればよい）

いたずらに刀を抜きたくない。逃げるにしくはない。

そこで、長く立っていなくてはいけないのかと思っていたが、ほどなく若い男が門から出てきた。

きた道を戻っていく。

陣九郎はあたりを見まわすが、見られている気配はない。

襲ってくる者はいないだろうと安堵して、若い男のあとを尾けていった。

そもそも、襲われたのは、源兵衛に会いに屋敷を訪れたときだ。

普段から警戒して、まわりを見張っているわけでもないのかもしれない。

男は、まわりを気にする風もなく、柳原通りに出ると、両国西広小路へと向かって歩いていく。

陣九郎の帰る道と同じだ。

編笠の中から、男の背中をじっと見ながら、陣九郎はあとを尾けた。

男は、振り返ることもせずに、どんどん歩いていく。

広小路に入ると、見世物小屋の看板や、大道芸に気をそそられるのか、きょろきょろと忙しなく目を彷徨《さまよ》わせていたが、立ち止まることはしない。

気にはなるが、早く帰らねばならないという様子がありありだ。

男は、両国橋を渡り始めた。

ますます、からけつ長屋の方向だ。

陽は西に大きく傾き、大川の流れを、そして行き交う猪牙《ちょき》舟や荷船を赤く染め始めている。

男は、東広小路を抜け、尾上町に入り、竪川《たてかわ》の川岸を歩いていく。

元町も抜け、やがて相生町三丁目に差しかかると、川岸から離れて町の中へと入っていった。

陣九郎は、よもや、と思ったが、案の定、男は大きな商家に入っていく。

そこは呉服屋で、暖簾《のれん》には高城屋と書いてあった。

文太郎の父親が主人の店だった。

（源兵衛と高城屋は掛かり合いがあったのか……）

陣九郎は、この妙な符合をどう考えてよいのか混乱した。

あたりをぶらついてしばらく間を置くと、思い切って陣九郎は、暖簾をかき分けて呉服屋に入った。

「いらっしゃいませ」

武士が入ってきたので、すぐに、奥から番頭らしき男が応対に出てきた。

「なんのご用でしょうか」

番頭は、笑顔ながらも、訝《いぶか》しげな目つきで訊いた。

呉服屋に男が一人で、しかも武士が入ってくるのは珍しい。ただの客だとは思えなかったのだろう。

「む、あ、いや、ちと道を尋ねたくてな」

「はいはい、わたくしに分かることならば」

番頭は、腑《ふ》に落ちたのか、訝しげな目つきが和《なご》んだ。

「ここらあたりに、料理屋の丸幸《まるこう》というのがあるはずだが」

「へえ、それはですね」

番頭は、暖簾の外に出て、陣九郎に丸幸の場所を教え出した。

丸幸という料理屋に陣九郎は入ったことはないが、立派な店構えで気になっていた。その場所が、高城屋に近かったのである。

番頭に礼をいって、陣九郎は丸幸の方角へと歩き出した。丸幸は、同じ相生町三丁目の端にある。

陣九郎が暖簾をくぐって入った目的は、達していた。

尾けてきた男が、店の中で忙しく立ち働いている姿を見たのである。

やはり、高城屋の奉公人だった。

陣九郎は、きた道を引き返すと、両国西広小路の芝居小屋へと向かった。

預けてあった着物に着替えて、小袖と袴はそのまま置いてきた。

つぎに必要なときは、また芝居小屋で着替えればよい。

陣九郎は、芝居小屋を出ると、からけつ長屋へと帰っていった。

長屋へ戻ると、文太郎を探す。

陣九郎の部屋にはいない。まだ、ほかの長屋の連中は帰ってきていないので、酒盛りをしてはいなかった。

文太郎が寝ている空き部屋にもいない。

陣九郎は、井戸端で水を飲むと、部屋に戻ろうとした。

すると、お千が路地に入ってきた。

「おや、今日は早いのだな」

「旦那こそ、お早いお帰りで」

微笑むお千に、

「お前は、涌井帯刀どのと掛かり合いがあるのか」

いきなり陣九郎は訊いた。

お千は、目を丸くして、驚いた表情になる。

陣九郎がじっと見ていると、お千の顔が崩れた。

そして、面白くてならないといったように、口を押さえながら、けたけたと笑い出した。

五

「その様子だと、やはり掛かり合いがあるのか。俺を殺しにきた刺客の手伝いでもしていたのか」

お千の笑いが収まるのを待って、陣九郎がいった。

「旦那にはお見通しのようですね。どうして、分かりました」

いい繕《つくろ》おうともせずに、お千は訊く。

「昨日、俺が虚無僧姿でここを出たのを知っているのは、辰造とお前だけだ。ここを出るときに、密かに見張られている気配はなかった。だから、お前が、松永小五郎どのを手引きした鎌吉という男に、俺が虚無僧に扮していると伝えたのだろうと思ったのだよ」

「なるほどねえ……」

お千は、微笑《ほほえ》みながらうなずく。

「それに、ここの立ち退き話が出ても、あまり気にしていなかったな。長屋の連中は、地主とのつながりがあるのではと怪しんでいたが……俺への刺客の手引きをしているのなら、ここは仮の住まいだから、気にならないわけだ。もっとも、それは、今日になって腑に落ちたことなのだが」

「そうですか。でもねえ、それは違いますよ」

「どこが違うのだ」

「仮の住まいってところ。ほかに住まうところなんぞありませんよ」

「ほう……いったい、お前は、どうして刺客の手引きなどしていたのだ。涌井どのに恩でもあるのか」

「恩なんかありゃあしませんよ。会ったこともござんせん」

「ふうむ。ならなぜだ」

「お金ですよ。あたしは、鎌吉さんに雇われたんですよ」

「ほう……」

「だから、旦那に恨みはありませんよ。あくまでも金ずくのことです」

「鎌吉は、いまはどうしているのだ。まだ、俺の命を狙っているのか」

「さあて、虚無僧のことを伝えたときは、この近くの乾物屋の二階を借りて住んでいたんですけどね、今朝いってみたら、もういなくなってましたよ。諦めてどこかへいってしまったんじゃないかしらね」

お千は、首をかしげていうと、

「もう鎌吉さんからの金は当てにできないから、どうしようかと思ってんですよ」

「料理屋で働いているというのは嘘なのか」

「そんな堅気《かたぎ》の仕事なんかしてられやしませんよ。米沢町の梅仙で働いているなんていったのは、あんな高い店、この長屋では、誰もいったことがないだろうと思ったからなんですよ」

お千は、ふふっと笑う。

「堅気ではないというと、どんなことをしてきたのだ」

「いろいろですよ。博奕場の壺振《つぼふ》りをしていたこともありましたね。でも、あれは夜だから、歳とるときついんですよ」

「そんなに歳でもあるまい。いま二十五、六か」

「そんなとこですよ。肌がすぐ荒れるようになっちまって……若いときはそんなことなかったのにねえ」

「壺振りのほかには」

「あら、あたしのことが、そんなに気になるんですか」

お千は、思わせぶりな目つきをする。

「そりゃそうだ。女一人、どうやって生きてきたのか。男よりも、大変なのではないのかとな」

「なんだか、ただの知りたがり屋のようですね」

お千は、つまらなそうな顔になり、

「あとは、人にいえないことですよ。手先の器用なタチでしてね。そういえばお分かりでしょう」

「……掏摸《すり》か」

「さあてね。ほかにもいろいろとね。いつかお話ししてもいいですよ」

お千は、はぐらかすようにいうと、

「梅仙で働いてなかったってこと、長屋のお人たちには、内緒にしておいてくださいよ。妙な目で見られたら嫌ですからね。追い出されるまでは、店賃の安いここに住みたいんですよ」

両手を合わせて、こくりと頭を下げた。すぐに頭を上げて、にっこり微笑《ほほえ》む。

「かなわんな。まあ、黙っていても害にはなるまい」

「すみませんねえ」

お千は、もう一度軽く頭を下げると、部屋に入ろうとする。

「おい、鎌吉とはどうやって知り合ったのだ。そもそも、鎌吉がどこからきたか知っているのか」

「それは……たまたま旅先で知り合ったんですよ。同じにおいがする者同士は、すぐに分かるんです。二人ともはぐれ者なんですよ。鎌吉さんがどこからきたのかなんて、あたしは知りませんよ」

お千は、いい置くと、部屋に入っていった。

陣九郎は、鎌吉は涌井帯刀の命によって、松永小五郎と江戸へやってきたのだろうと思った。

刺客が小五郎で最後だというのを信じるならば、もう案ずることはないのだと改めて思った。

鎌吉のことだけが、少し気にはなったのだが……。

陣九郎が部屋で休んでいると、長屋の面々が一人、また一人と帰ってきた。

暑熱の中、町を歩く商売をしている者が多いので、皆かなり疲れているようだ。

あたりが暗くなり、三蔵以外の長屋の連中は、皆、帰ってきたのだが、文太郎は、まだだ。

貸本屋をするといっていたが、どこの誰に厄介《やっかい》になっているのかまでは、陣九郎は聞いていなかった。

疲れているから酒盛りはないと思いきや、

「おーい、酒があるから、呑みたい奴は来いよー」

東吉の声が聞こえた。

すると、ぞろぞろと部屋から出て、東吉の部屋へと皆が集まり始めた。

「旦那はどうしやす」

金八が顔を覗かせた。昨晩、酒盛りに加わらなかったので気にしているようだ。

「少ししたらな」

「酒がなくなっちまっても知りやせんよ」

金八は軽口をたたくと、東吉の部屋へと向かった。

陣九郎は、皆に知られずに文太郎に話を訊きたかったのである。

戸口を開けっぱなしにして、路地に文太郎が入ってこないかと見ていると……。

下を向いて、足をひきずりながら、文太郎が現れた。

慣れない仕事をして、かなり疲れているようだ。

陣九郎は、そっと戸口から出ると、

「おい、文太郎」

小声で呼びかけた。

はっとして顔を上げた文太郎に手招きをする。

「なにかご用でしょうか」

近寄りながら訊く文太郎を、陣九郎は部屋に入れた。

腰高障子を閉めて、文太郎と向かい合う。

「実はな、今日……」

陣九郎は、源兵衛の屋敷を見張り、そこに出入りした若い男を尾けたところ、高城屋の奉公人だったということを話した。

文太郎は、話を聞いているうちに、陣九郎を見ていることが出来ずに、頭が下がりうなだれてしまった。

「源兵衛について、この長屋の立ち退きについて、なにか知っているのではないのか。知っているのなら、話してはくれないか」

陣九郎は、穏やかな声で訊いた。

「……はい。なるべく早くお話ししようと思ってはいたのですが、つい、話しそびれてしまっておりました」

文太郎は顔を上げ、

「源兵衛というのは、わたしの伯父《おじ》なのです」

といった。

「伯父……というと、お前の父親の兄弟なのか」

「そうです。父の兄で、ここらあたり一帯の地主なのです」

「……お前の父親は高城屋の当主だから、てっきり嫡男《ちゃくなん》かと思っていたが」

「うちは、ずっと呉服問屋をやっていた家なのですが、伯父の源兵衛は自分は商売に向いていないといって、店を継がずに、地主の仕事だけをしているのです。店は、弟であるわたしの父親庄右衛門が継ぎました」

「ふうむ……それで、いま、ここらあたり一帯といったが、どのくらいの広さなのだ。その中で立ち退きを迫っているのは、からけつ長屋だけなのか」

「いいえ、違います。伯父の持っている土地のほとんどではないかと」

「どのくらいなのだ」

「わたしもよくは知らないのですが、相生町三丁目と四丁目のあたり全部かと」

「なに！……す、すると、高城屋も含まれるな」

「はいそうです。いま、店をほかの場所に移す算段をしているところなのだと思います」

「……そのように広いところに住み、商売している者たちを追っ払って、源兵衛は、いったいなにをしようとしているのだ」

「それが……わたしにも見当がつきません。そのような広大な土地を一気に売ることが出来るとは思えませんし……」

父親とは、いま仲違《なかたが》いしているので、口も利《き》いていない。だから、まったく分からないのだといった。

「おひさも知らぬのかな」

「はい、今日の昼に……」

おひさは、文太郎のことが心配で、様子を見にきたそうだ。

文太郎は、自分の背丈よりも高い風呂敷包みを背負いこんで、得意先をまわっている最中だった。

風呂敷包みには、得意先に貸す本と、戻ってきた本が入っている。

「若旦那、精が出ますね。身体のほうは大丈夫ですか」

おひさは、文太郎に訊く。

「なに、これでも身体は丈夫だからね。腰を痛めないように気をつけていれば、このくらいなんともないさ」

ただ、暑くてへばりそうなことは黙っていた。

「ところで、店も引っ越すそうだが、空いた土地をどうするのか、親父から聞いてないかい」

文太郎がおひさに訊くと、

「さあ、なんにも分かりません。ただ、二月後に、ほかへ移るとだけいわれていますけど……」

という応えが返ってきた。

なにかただならぬことが起こっている……それだけはたしかなようである。

陣九郎は、腕を組んでうなった。

第四章　嫌がらせ

一

文太郎の伯父《おじ》が、地主の源兵衛だということは、陣九郎が黙っているつもりだったので、長屋の連中に知られることはないはずだった。

だが、当の文太郎は、陣九郎に知られた以上、ほかの皆に黙っていることが、我慢出来なくなってしまった。

これまで、話さなければと思いつつ、ついつい先のばしにしていたのだが、陣九郎に知られてしまった。それで、堰《せき》が決壊したように、長屋の皆に話さなければ収まらなくなってしまったのである。

陣九郎と話したあとに、文太郎は酒盛りの行なわれている東吉の部屋に入った。

そこで、地主の源兵衛が伯父で、呉服問屋の高城屋を弟にまかせて、自分は土地を貸した上がりだけで暮らしていることを、洗いざらい話してしまった。

「よく話してくれた……といいてえところだけどよ。なんで、いままで黙ってたんだよ。早く話せば、木暮の旦那も苦労せずに済んだんだぜ」

　金八が充血した酔眼で、文太郎を睨《にら》んだ。

「俺はいいのだが……」

　陣九郎が助け船を出すが、

「黙ってるってのは、嘘をついてるのと同じなんだぜ」

「胸糞《むなくそ》が悪くなってきた」

　辰造と信吉が口々にいう。

「お前、その伯父さんに掛け合って、立ち退きをやめさせろよ」

　東吉がいい出すと、

「そうだそうだ」

「そのくれえのこと、やってくれよ」

　皆も、文太郎の置かれている状況を考慮に入れずに、罵《ののし》った。

　文太郎は、

「はあ……ごもっともで……で、ですが……」

　なんとか分かってもらおうとするが、酔漢たちの勢いに押されてしまった。

そのうち、酒をあおるように呑み、あっというまに眠ってしまった。
いつしか、長屋の連中も眠ってしまったが、文太郎にきつく当たらなかったのは磯次くらいのものであった。

翌朝、東吉の部屋で目が覚めた陣九郎は、起き上がったときに、
「うくくくっ」
ずきずきと頭が痛んだ。そして、左肩の傷が、またぴりっとする。
這うようにして土間に降りると、井戸端で顔を洗い、水を飲む。
陽はすでに高くなっており、五つ（午前八時ごろ）をまわっているだろうか。
「おい、皆、起きろ」
東吉の部屋へ戻ると、鼾《いびき》をかいてまだ寝ている連中に大声でいった。
皆、うなりながらも起き上がろうとする。
そのとき、陣九郎は、文太郎の姿がないことに気がついた。
（空き部屋で寝ているのかな）
陣九郎は、そう思い、文太郎も起こさなくてはと、空き部屋の戸を開けた。
すると、寝るために運んだ蒲団が畳《たた》んであり、文太郎の姿はない。

（なんだ、仕事に出かけたのか）

陣九郎は、それ以上、気にとめなかった。

東吉が、頭を押さえながら、自分の部屋へ戻ろうとする陣九郎を呼び止めた。

「あの、木暮の旦那……」

陣九郎が立ち止まると、

「どうもよく覚えてねえんですがね、文太郎は、ここの地主とつながりがあったんでやすよね」

と、訊いてきた。

「ああそうだ。なんでも、父親の兄が地主だそうだ。つまり、地主の源兵衛は、文太郎の伯父だ」

「そ、そうだ。そういってやしたよね。なら、文太郎に掛け合ってもらえばいいという話をしてたんでしたっけ」

「うむ……だが、いまは勘当寸前の身だ。父親に会えない状態なのだから、難しいだろうな」

「そこを、なんとか掛け合ってくれなけりゃあ」

東吉は不服そうにいう。

「そうだな。夕方、戻ってきたら、頼んでみよう」

確かに、文太郎が父親と和解して、長屋の取り壊しをやめるよう伯父に口添えしてもらえば話は早い。

しかし、源兵衛が屋敷に用心棒の浪人まで雇っていたことを考えると、そう簡単な話ではないように思える。

（それに、文太郎が父親に頭を下げるのは難しいとも思うが……）

いったん依怙地《いこじ》になると、なかなか気持ちを変えられないことを、陣九郎は分かるような気がする。とくに、武士の中にそのような者が多い。

だが、文太郎は商家の息子だ。折り合いの悪い義母のことさえなんとかすれば、道は開けるはずである。

そのころ、文太郎は仕事には出ずに、源兵衛の屋敷の前にいた。

（長屋の皆がいうことは、もっともだ。わたしも皆の力になりたい。わたしが、源兵衛伯父さんと渡り合わなくては）

それでも、父親に詫びを入れて、義母に頭を下げるのだけは、嫌《いや》だった。

となると、伯父に直接会うしかないと思ったのである。

（あの出無精の伯父さんが旅に出ているなど、にわかには信じられない）

ほとんど外に出ない暮らしをしていると、庄右衛門から聞いたことがあったのである。文太郎は、源兵衛が居留守を使っているような気がしてならなかった。もし、居留守なら、直接掛け合うことが出来る。

だが、文太郎は、あまり伯父の源兵衛と会ったことはない。

そもそも、最後に会ったのは、文太郎がまだ十五のころのことだ。

いつもむすっとして、苦虫《にがむし》を嚙《か》みつぶしたような顔をしている源兵衛のことしか覚えてはいない。

庄右衛門は、源兵衛に会いにいっていたらしいが、文太郎の母親が嫌っていたのか、高城屋に源兵衛がくることはなかったのである。

文太郎は、門をたたき、出てきた若い男に、源兵衛への取り次ぎを頼んだ。

土間で待たされ、しばらくして、源兵衛のいる座敷に通された。

やはり旅に出たというのは嘘だったのだ。

陽当たりの悪い座敷で、じっと待っていると、子どものころに父親の庄右衛門に連れられて訪れたときのことをおぼろげながら思い出した。

文太郎は、源兵衛ににこりともされず、優しい言葉をかけられもせず、ひたすら怖かったのである。

そんなことを思い出しているうちに、足音が近づいてくると、障子が開いた。

座敷に入ってきた源兵衛は甥の文太郎を見ても、にこりともしない。

太っており、やけに皺《しわ》の多い顔に、ぎょろりとした目が大きく、まぶたが垂《た》れ下がっている。

（なぜ居留守を使っていたのか……）

文太郎は、眉をひそめつつ、

「伯父さん、ご無沙汰しております」

手をつき頭を下げた。

「お前と会うのは久し振りだな。前に会ったときは、まだ子どもだったが……いまは、青二才か」

ぎょろりとした目で、文太郎を値踏みするように見た。

「頼りないのは分かっています。わたしのことはともかく、相生町四丁目の喜八店をこのまま残してはいただけないでしょうか」

「喜八の長屋か。その長屋と、なんの掛かり合いがあるのだ」

「住んでいるかたがたに恩があるのです。借金取りの破落戸《ごろつき》に追われて、なにをされるか分からないときに、助けていただいたのです。助けていただいただけではなく、いまは住まわせてもいただいてます」

「……庄右衛門から、お前のことを聞いているが、水茶屋の女に入れ揚げたり、新しい母親に馴染まなかったりと、わがまま放題のようだな。さらには、貧乏長屋の連中の肩を持つとは、ほとほと呆《あき》れ果てた奴だ」

源兵衛は、苦虫を嚙みつぶしたような顔をさらに歪《ゆが》めた。

「わたしがいたらないことは重々承知です。それはわたしも改めようと思っています。お願いは、長屋のことです。貧乏長屋でも、そこに住んでいる人たちがいるのです。なぜ、そこから追い払って、長屋を壊してしまおうなどと……」

「長屋だけではない。表店《おもてだな》もだ。俺の持っている土地をすべて売ることになっているのだよ」

「なぜ、そのようなことを。地主であることを止《や》めるなど……」

「しかたないことなのだ。かなりの金は入るが、地主でいたほうが本当はよいのだ。だがな……まあ、そんなことはよいから、さあ、とっとと帰って、長屋の連中に早く出ていけと伝えてくれ」

源兵衛は、うるさそうに手を払うように振って、文太郎に帰れと伝えた。

「しかたないことと仰《おつしや》いましたが、そのわけを教えてはいただけないでしょうか」

「いえないんだよ」

源兵衛は、ぷいと横を向くと、手をぽんとたたいた。

それを合図に、二人の屈強そうな若い男たちが入ってきた。

「それでは、なんのためにわたしはここにきたのか」

文太郎は、なおも食い下がろうとしたのだが、男の一人に、

「もうお帰りになっていただきたいのですが」

凄味のある声でいわれた。

「伯父さん、甥のわたしにも、本当のことを教えていただけないのでしょうか」

文太郎は、わけを聞くまでは、なんとか居すわりつづけようと思ったのだが、その前に源兵衛が立ち上がった。

座敷から出ていこうとするので、

「伯父さん！」

とびかかってでも、止めようとしたのだが、二人の男に両側から腕を取られて、身動きが出来なくなってしまった。

そのまま、丁重ではあるが、無理矢理に外へと出されてしまった。放り出されたといったほうがよいくらいだった。


文太郎は、諦めきれずに、源兵衛の屋敷の門前にたたずんでいた。

すると、門が開き、ひとりの浪人が出てきた。

「おい、いくら甥っこだからって、しつこいと命がないぞ」

じっと文太郎を見ながら、刀の鯉口《こいぐち》を切った。

「わわ……」

剣など握ったこともない文太郎だが、その浪人の身体から、強い殺気が放たれたことを本能的に悟った。

文太郎は、なにもいい返せずに、這《ほ》う這うの体《てい》でその場から逃げ去った。

「他愛ない奴だ」

浪人は、小馬鹿にしたように鼻で笑った。

（わたしは長屋のためになんの役にも立てなかった……なんと情けないことか……）

文太郎は打ちのめされ、悔し涙を流しながら歩いていた。

二

袴田弦次郎は、このところの長屋の重苦しい空気は、なにか金になりそうなことに結びつくのではないかと思いめぐらしていた。

そして、酒盛りをしている最中の、長屋の連中の話から、地主が文太郎の伯父源兵衛であることを知った。

源兵衛が旅に出ているらしいことも……。

（ここは一つ、高城屋というのに当たってみるかな）

思い切ることにした。

相生町三丁目の高城屋を訪れたのは、文太郎が源兵衛に会っていた、ちょうどそのころであった。

「喜八店に住まっておる袴田弦次郎という者だが、長屋の連中を追い出すのに、わしが力を貸そうではないか」

訝《いぶか》しげな顔で応対に出た庄右衛門に、弦次郎は開口一番こういった。

「追い出すのに力を……ですか。ですが、いまは嫌がっていても、二月あとには、出ていかざるを得ないでしょう」

庄右衛門の言葉に、

「そうかな。あの長屋には、一筋縄ではいかない男がいるぞ。木暮陣九郎という浪人なのだがな、あ奴は手強《てごわ》いぞ。喜八から聞いてはおらんのか」

気にならないのならいいがと、弦次郎はいい足した。

「しょ、しょうしょうお待ちを」

庄右衛門は、あわてた様子で、応対していた座敷から出ていった。

弦次郎は、いったいなにをしに庄右衛門が出ていったのか分からなかった。

(厠《かわや》でもいったのか……)

首をかしげていると、やがて庄右衛門ではなく、内儀のお露が入ってきた。

「話は、わたしがうかがいましょう」

座ったお露は、煙管《きせる》に火をつけた。

眉間に少し険《けん》があるが、整って男好きのする顔立ちだ。

豊満な肉置《ししお》きに、思わず弦次郎は目を奪われていたが、

「そ、そうだな。木暮陣九郎という浪人のことだ。あの男がいると、長屋の連中も、すぐに出てはいかぬだろう」

「……それで、あなたさまは、わざわざそれを教えにきてくださったわけですか」

お露は、煙草の煙を横に吐き出しながらいった。

「そうだ。そして、木暮が邪魔にならないよう、わしが助《す》けてやろうと思ってな」

「あなたさまが……」

お露は、弦次郎の顔をまじまじと見た。

「わしは、金で動く男なのだよ。どうだ、木暮をどうしようと、わしはなんとも思わぬ。わしになにか頼みたくなったら、遠慮なくいってもらいたい」

「面白いおかたですね。分かりました。なにか、お頼みしたいことがあったら、そのときに……で、どこに連絡すればよいのでしょうか。喜八店へ、誰かを使いにやりましょうかね」

「うむ、それはやめたほうがよいだろう。明日の同じ刻限に、ここにまたこよう。そのときまでに、決めておいてもらおうか」

弦次郎はそういって立ち上がった。

刻限を切ることによって、早く決めさせたかったのである。

陣九郎はというと、ここのところ休んでいた曲斬りを広小路で見せていた。

昼前には、二日酔いも治っていた。

梅雨になる前の晴天の下、少しでも稼いでおきたかった。蓄《たくわ》えている金がとぼしくなっていたからである。

ある程度の稼ぎが貯まると、陣九郎は曲斬りをやめた。

まだ昼下がりだが、早めに長屋に戻って、文太郎を待つつもりだった。

文太郎に、わだかまりをいまは忘れて、父親に源兵衛のことを訊いてもらえないかと頼んでみるつもりだった。

旅からいつ帰ってくるのかを知りたかった。もし、近場への旅ならば、そこへ押しかけてもいいとさえ思っていた。

（もし居留守だったとしたら……）

それも有り得ると陣九郎は思う。

陣九郎たち長屋の面々は、あの屋敷に入ることが出来ないだろうが、文太郎ならば入って源兵衛と会えるだろう。

そうなれば、いろいろと分かってくることもあるだろう。

だが、すでに文太郎が屋敷で居留守を使っていた源兵衛と会って、けんもほろろに追い返されたことは知らなかった。

荷物をまとめて帰途についたときである。

「あらあら、もう曲斬りとやらは終わりなんですか」

声をかけてきたのは、お千だった。

少し息を荒くしている。急いで歩いてきたようだ。

汗ばんだ肌がなまめかしい。

胸元に、手で風を送っているのだが、つい目がそこにいきそうになり、陣九郎は目のやり場に困った。

「うむ、今日は早めに切り上げた」

「残念ですねえ……あたし、ぜひに旦那の曲斬りを見たいと思ってやってきたというのに」

「これまでどこにいたのだ。昼すぎからやっておったのだがな」

「ちょいと野暮用《やぼよう》があったんですよ」

「天気がよければ、いつでも見られるのだ」

「そうですね。明日また見にきますよ」

やりとりをしながら、お千は、陣九郎に寄り添うようにして歩く。

「おい、もう少し離れたらどうだ」

「なんですよ。恥ずかしいんですか」

「そうではない。少しは、たしなみというものを考えろ」

「ふん、あたしは品《ひん》のあるお武家の娘さんでもなければ、しとやかな町娘でもありませんからね」

お千は、わざと陣九郎にしなだれかかった。

「お、おい、やめろというのに」

「いいじゃありませんか」

陣九郎とお千のやりとりを、その声が聞こえない離れた場所から、じっと見ている娘がいた。

亀沢町《かめざわちょう》の扇屋《おうぎや》のお春《はる》という娘だった。旗本の本田館蔵《ほんだたてぞう》の屋敷で行儀見習いをしているときに、傷を負って担ぎこまれた陣九郎の看病をしたことがある。

以後も、何度か会ったことがある。

お春の陣九郎とお千を見る目には、なんともいいようのない感情が走っていた。哀しいような、怒っているような……。

「お春さん、どうしたの」

声をかけられ、

「な、なんでもないわよ」

笑顔になって応えた。無理に作った笑顔のようではあったが……。

声をかけてきたのは、同じ歳ごろの娘だ。

お春と娘は、歩き出した。

だが、お春は、どうしても気になるのか、陣九郎とお千のほうをちらっと見る。

お千が、陣九郎の腕を取らんとする勢いでくっついている。

陣九郎は迷惑そうだが、本気で嫌がっているようではない……お春には、そう見えたのである。

(ふん！)

お春は、ぷいと前を向いた。

この気持ちがなんなのか、お春には分かっているようで分からなかった。

(どうしたっていうのよ、いったい)

ひょっとしたら、陣九郎のことを……いやいや、そんなことはないと思う。

だいたい、陣九郎と会ったのは数えるほどだ。

ただ、往来で見かけて嬉しかったのだ。

声をかけたかったのだが、しなだれかかる年増女を見た途端に、胸の中に重苦しい靄《もや》がたちこめたのである。

お春は、自分の気持ちをもてあましていた。

一緒に歩いている娘は、お春の様子を見て、不思議そうに首をかしげた。

三

長屋に戻った陣九郎は、文太郎の帰りを待った。

だが、日が暮れても、夜が深くなっても、文太郎は帰ってはこなかった。

「あいつ、俺たちがやいのやいのいったから、帰ってきづらくなったのかな」

金八が気がかりそうな声を出す。

この夜は、陣九郎の部屋での酒盛りとなっていた。

曲斬りの金で酒を買ってきたので、すぐに懐《ふところ》は寂しくなってしまった。

「文太郎によ、ちょいといい過ぎたような……なかなか引越しの金もたまらなくて、いらついていたようだ。あれはやつ当たりだったな」

東吉が頭をかく。

辰造も信吉も、よってたかって文太郎に文句をいい過ぎたと反省していた。

磯次は、文太郎を責めるようなことは口にしなかったが、それでも自分も悪かった気がしているようだ。

三蔵だけは、その場に居合わせなかったが、今日は八卦見《はっけみ》を休んで酒盛りの場にいた。皆の雰囲気が妙だと感じて気になり、仕事に出られなかったのである。

「帰ってこねえなあ……」

文太郎は夜が更けても帰ってこなかった。

「おい、磯次はどこいった」

金八があたりを見まわしていう。

「自分の部屋で寝てるんじゃねえのか」

東吉が決めつける。

「疲れちまってんのか。若いのにだらしねえな」

「そりゃあ金八よりは若いけどよ、もうじき三十路《みそじ》だぜ」

東吉の言葉に、

「まあな、皆、あまり変わらねえか」

金八が苦笑した。

磯次は、部屋に戻ったわけではなかった。

一人、夜道を相生町三丁目へと歩いていたのである。

目指すは、高城屋だった。

店仕舞いを終えた高城屋の見える路地の角で、磯次はしばらく店を見張るようにして立っていた。


翌朝になって、文太郎が帰っていないことが分かった。

たしかめたのは金八だった。

文太郎は、酒盛りの場にも、陣九郎の部屋にも現れず、寝泊まりしている部屋にもいってみたのだが、いなかったのである。

金八は、文太郎のことを気にしつつ、納豆を売りに出かけた。

そして、納豆を売り終わり、急いで帰ってくると、

「木暮の旦那、文太郎の奴は、どこにいったんですかね」

陣九郎の部屋にやってきて訊いた。

もう一度、空き部屋を見たが、やはり帰ってはいなかったそうである。

朝餉《あさげ》を済ませたばかりの陣九郎は、

「俺にも分からんよ。帰ってこないといっても一夜のことだ。今夜は、帰ってくるのではないか。なにせ、ほかにいく当てはないといっていたからな」

「そうだといいんでやすがね」

「そんなに気がかりなら、貸本屋へいって、どこをまわっているのか訊いてくればよいではないか」

「へえ……ですが、その貸本屋ってのは、どこへいけばいいので」

「……それは、俺も聞いてなかったな」

うっかり教えてもらうのを忘れていたことに、陣九郎はいまさらながら気がついた。

「旦那……おや、金八もいるのかい」

東吉が顔をのぞかせた。与次郎売りの仕事の合間に、長屋へいったん帰ってきたところだった。

「文太郎は帰ってこなかったが、昨日の夜遅くに、磯次が帰ってきたんだよ。いってえどこにいってたんだかなあ」

酔って眠ったあと、厠へいったときに、帰ってきた磯次を見かけたのだそうだ。

「遅いといっても、それほどではねえんじゃねえのか」

金八の言葉に、

「酒盛りが終わってたからな、四つ（午後十時ごろ）にはなってたんじゃねえか」

「昨夜は、静かに呑んでいたせいか、皆、早くに酔っぱらってしまってたぞ。五つ（午後九時ごろ）には眠ってた気がするがな」

陣九郎が思い出しながら応えた。

「長屋を追ん出されそうなときに、夜にこっそり出かけるなんてよ……まさか、自分だけ先に出ていくからといって、喜八に金をもらいにいったなんてことは……ねえのかよ」

東吉が、眉をひそめていう。

「磯次がか……あいつは、そんな抜け駆けをする奴かな……いや、いまは誰が抜け駆けをしてもおかしくねえなあ」

金八が顔を歪める。

「おい、お前たち、疑心暗鬼になるのはやめろ。磯次が夜に出かけたのは、なにか用事があったからかもしれぬではないか」

陣九郎が諭《さと》すと、

「たとえば、どんなことでやすか」

金八が訊き返した。

「そんなことは俺は知らない。俺がいいたいのは、同じ長屋で、酒を酌《く》み交わす仲なのだから、もっとお互いを信じろということだ」

陣九郎の言葉に、

「そうでやすね。もっともだ。俺が悪かった」

金八は、素直に頭を下げた。

「俺もだ。夜遅くに帰ってくるところを見かけて、つい……」

東吉も、顔を歪めながら頭をかく。

なんだか、座が昨夜と同じく、沈んでしまった。

そんなところへ、

「戸が開けっ放しだと思って見たら、なんで集まってんですかい」

ほかならぬ磯次が顔を覗かせた。

朝の振り売りの仕事を終えて、いったん帰ってきたのだそうだ。

東吉が、厠にいったときに見かけた話をすると、

「そんなことが気になってたのか」

磯次は笑って、

「なにもこそこそしてたんじゃねえのさ。ふと思いついたときには、皆、眠そうだったからな」

なにもいわずに抜け出したのだそうである。

「早く、どこへいってたのか教えろよ」

金八が急かす。

「文太郎がどこにいったのか気がかりでよ、なにか知ってないかと、高城屋のおひさに会いにいったのよ」

磯次の言葉に、

「お、お前、ひとりでおひさに会いにいったのか。そんなに、あの娘と気安い仲だったのか」

東吉が驚いた顔でいう。

金八も陣九郎も、同じく意外だった。

四

磯次は、三日前、振り売りの仕事を終えての帰り道、店の用事で外を歩いていたおひさとばったり道で出会った。

おひさは、一度に沢山の長屋の連中と会ったせいか、あまり磯次のことを覚えてはいなかったが、磯次のほうはよく覚えていた。

挨拶を交わしたあと、

「おひささんは、越後《えちご》の出かい」

気になっていたことを訊いた。

言葉に、越後のなまりが残っているように思ったのである。

「はい、そうですけど、ひょっとして、磯次さんも」

おひさも、磯次に同じなまりを感じたようだ。

話してみれば、磯次の生まれ育った村と、おひさの生まれ育った村は、隣同士だったことが分かったのである。

二人が、親しみを感じ合ったのは当然の成り行きで、磯次は、余計に文太郎に対して力を貸してやろうと思うにいたったのだった。

というのも、おひさが文太郎のことを特別に想っていると、最初に長屋へやってきたときに感じていたからである。

「ちぇっ、お前も隅《すみ》に置けねえなあ」

金八が磯次の肩をこづいた。

「江戸へ出てきてよ、故郷《くに》が同じってのはよお、なんか他人じゃねえ気がするんだよな。しかも、俺もおひさも家が貧しくてよ、口減らしのために出てきたようなもんだからな」

「分かるような気がするぜ。俺は信州《しんしゅう》生まれだけどよ、同じ信州の女が花魁《おいらん》になっているど聞くと、会いたくてたまらねえ」

東吉の言葉に、

「お前でなくても、花魁には誰でも会いたいぜ」

金八が頭を拳骨《げんこつ》でこつんとたたいた。

「俺たちでは、一生会えぬがな」

陣九郎が、やれやれといった調子でいうと、

「旦那、身も蓋《ふた》もねえこといわねえでくださいよ」

東吉が口をとがらし、

「すまん、すまん」

陣九郎は謝《あやま》る羽目になった。

「それで、おひさは文太郎がどこにいるのか知ってたのか」

金八の問いに、

「それがさ、寝泊りしているところは分かんねえとよ」

磯次の応えに、一同がっくり肩を落とした。

せっかくだからと、金八、東吉、磯次の三人は、陣九郎の部屋で昼餉をとることにした。

金八が売れ残りの納豆を、磯次が鰯《いわし》を持ち寄り、皆の部屋に残っている朝に炊いた飯の残りを茶漬けにした。

昼餉を食べ終えたころ……。

ドーンという大きな音があたりに響きわたった。

「なんだ、いったい」

金八が真っ先に外に転げ出て、磯次、東吉とつづく。陣九郎は、最後にのっそりと出てきた。

陣九郎は、さほど泰然自若《たいぜんじじゃく》とした度胸の据《す》わった性質ではないのだが、せっかちであわて者ぞろいの長屋の連中といると、自然と悠然とした態度になってくるから不思議だ。

音はからけつ長屋で起きたのではなく、表通りでした。

皆が走っていった場所へ、陣九郎が到着したとき、黒山の人だかりがしており、その向こうは、もうもうとした砂塵《さじん》が舞っていた。

からけつ長屋の表は、喜八が営んでいる下駄屋だが、その二軒先の乾物屋《かんぶつや》沢井屋《さわいや》に、大八車《だいはちぐるま》が突っこんでいる。

金八たちが、人垣の中の者たちに、いったいどうしてこうなったのか訊いているのが、陣九郎の耳に入ってきた。

「いきなり大八車が店に突っこんできたんだよ。幸い、店先に人はいなかったからいいようなもんだが……」

大八車を引いていた者は、いなくなっているそうだ。

「ひどいことになっちまったから、逃げたのかねえ」

野次馬の中から、近くの女房の声が聞こえた。

「でも、あわてている様子がなかったよ。なんだかわざと大八車を突っこませたように、あたしには見えたんだけどね」

もう一人の女房が応えた。

陣九郎には、この話の中身が気になった。

（わざと突っこんだ……）

しかも、喜八の店の二軒先だ。

あたりを見まわすと、喜八も外に出ている。

顔は青ざめており、手も震えているように見えた。

陣九郎は、喜八に近寄り、

「喜八どのの店でなくてよかったの」

と、囁《ささや》いた。

「は……はい。物騒なものですな」

喜八は、痰《たん》がからんだような声を出した。

「あの乾物屋も、店を畳まなくてはならなかったのだろうな。店を取り壊す手間が省けたというわけか」

「…………」

喜八はなんと応えてよいか戸惑《の》っている。

「それとも、あの乾物屋は立ち退かないといっていたのか」

「え、ええ……まあ」

今度は、喜八も応えた。

「すると、店を壊す手間もなにも、大変迷惑なことというわけだな」

「そうでしょうね」

「地主は、やはり源兵衛か」

「……は、はい」

陣九郎の矢継ぎ早の問いかけに、喜八は額《ひたい》から噴き出た汗を手で拭った。

腕を組んで思案し始めた陣九郎を見て、喜八は店の中へとあわてて戻った。

乾物屋の店の中から、ようやく乾物屋の主人が出てきた。

呆然と大八車を見ている。


長屋に戻った金八たちに、陣九郎は嫌な気がするといった。

「嫌な気って、どういう……」

東吉の問いに、

「大八車を引いていた者は、あわてずに立ち去ったと、見ていた女房がいっていたのだ。誰も怪我をしないころあいを見計らって、わざと大八車を突っこませたのかもしれん。ひょっとすると……」

顎に手を当てて、陣九郎は眉をひそめた。

「いってえなにをいいたいんで」

金八が先をうながす。

「嫌がらせかもしれんと思ってな。乾物屋は立ち退きを拒《こば》んでいたようなのだ」

「い、嫌がらせをして、出ていかせようっていう魂胆だと……」

磯次が、目を見張る。

「立ち退かないという者がまだいるのなら、またこのようなことが起こるかもしれん。様子を見てみよう」

「その前に、この長屋がなにかされるかもしれませんぜ」

東吉が、身体をぶるるっと震わせた。

「そうだな。警戒を怠《おこた》らぬほうがよいだろう」

「くわばらくわばら」

金八が、東吉に倣《なら》ったわけでもないだろうが、ぶるるっと身体を震わせた。

五

その日の夜は、陣九郎の部屋での酒盛りとなった。

金八たちは、表通りにある店に軒並み聞きこみをしたのだが、

「乾物屋の沢井屋に、聞きこみにいったんでやす。すると、沢井屋の主人は、立ち退きを迫る地主源兵衛の嫌がらせに違《ちげ》えねえとまくしたてやした」

店を壊されたのだから、相当な怒りようだったという。

「もう一軒、嫌がらせを受けている店がありやしたぜ」

東吉は、沢井屋の斜め向いにある菓子屋亀万《かめまん》で聞いたといい、

「つい一昨日の朝、店先に鼠《ねずみ》の骸が山と積まれていたそうでやす。亀万も長くそこに店を構えているので、ほかに移りたくはなくて、立ち退きを頑固に断っていたそうなんでやすよ」

「そうか。地主が出ていけというのなら、借りている者は出ていかねばならんが、代々同じ場所で店をつづけている者にとっちゃ、承諾しかねるだろうな」

陣九郎は溜め息をつく。

「二軒ともに、嫌がらせに違えねえ。それが、ついにこの長屋にも……畜生、源兵衛の野郎、なんでこんなひどいことをしやがるんでしょうね」

金八が息巻くが、

「源兵衛が命じてやらせているという証拠はないのだ」

陣九郎は、怒りのあまり無謀なことをするなと、金八にいった。

このところ連夜の酒盛りとなり、皆の懐具合も底を突きそうになっている。

この夜は、八卦見にいくのも面倒になったと、出かけるのをやめた三蔵も皆と一緒に酒を呑んでいた。

三蔵は、長屋を出なくてはいけないのかと不安でしかたなくなっているようで、八卦見どころではないというのが、正直なところのようだ。

「三蔵、俺たちは、この長屋から出なくちゃならねえのかどうか、八卦で占ってみてくれよ」

東吉の言葉に、

「どうせ、あたしの八卦は当たらないからね。やるだけ無駄ってもんだ」

三蔵は素《そ》っ気《け》ない。

実は、ひとりで占ったのだが、よい卦は出なかったので、いわないことにしたのである。

「なんだよ……」

いい返したかったようだが、東吉は鼻白んでしまった。

意気の揚がらない酒盛りがつづき、皆、早々に自分の部屋へと戻ってしまった。

翌朝、長屋の異変に気がついたのは、朝の早い納豆売りの金八と、振り売りの磯次だった。

ほぼ同時に起き上がり、鼻をひくひくさせて、腰高障子《こしだかしょうじ》を開けた。

「うっぷ……なんだこの臭いは」

金八は鼻を手で覆い、

「厠が溢れたのかよ」

磯次は鼻をつまんだ。

二人は外に出て、あたりを見まわす。

「うわっ」

「げえっ」

同時に叫んだ。

長屋の木戸を入ったすぐそこに、大量の人糞が山となっていたのである。

積まれた直後らしく、湯気も立っていた。

厠の臭いには慣れてはいるが、それが表に、しかも大量に外に出ているのだから、長屋の連中もたまったものではなかった。

起こす必要もなく、皆、次第に増してくるひどい臭いに目を覚ました。

厠に溜《た》まった糞尿は、近隣の百姓が運んでいくのだが、急遽、山となった糞を持っていってもらうために、あちこちの百姓に頼まなければならなかった。

それまでは、臭いに我慢するしかなく、朝餉も昼餉も作る気にならなかったのである。いきおい、真っ昼間から開いている外の居酒屋で酒を呑むことになった。

百姓たちが糞を運んでいってくれたあとも、なんとも嫌な臭いが長屋中に充満して、なかなか消えなかった。

「雨が降ってなかったのが、せめてもの慰めだぜ」

辰造がぽつりといった。

雨で湿った糞は、さらにひどい悪臭を放ち、運ぶのも面倒だからだ。

辰造は、博奕《ばくち》で夜が遅かったが、臭いで起こされ、目を赤く腫《は》らしている。

長屋の木戸口に人糞を積み上げたのは、弦次郎の手引きによるものだった。

人糞を運んで積んだのは、源兵衛のところにいる若い者たちだった。

弦次郎は、高城屋の内儀お露の指示で動いていた。

木戸の近くで待ち、長屋の者たちが寝ていることをたしかめて、肥え桶《こおけ》で人糞を運んできた若者たちに合図を送ったのである。

長屋を留守にしていると、怪しまれるから、部屋に籠《こ》もっていろとお露にいわれていたので、臭いを我慢せざるを得なかった。

だが、誰も弦次郎の部屋へはやってこなかったので、いてもいなくても同じだったのである。

（くそっ！　どいつもこいつも）

人糞を片づける手助けをするのは、もちろんお断りだったが、まったく頼りにもされず、さらには忘れられていると思うと、胸に苦いものがこみ上げ、なおさら怒りが湧いてきた。

憂《う》さ晴らしに、お露からもらった金で、岡場所へいって女を抱きたかったが、まだやるべきことは残っている。

だが、それをするには、まだ時期尚早のような気がする。

じりじりする思いで、漂ってくる臭気に耐えながら、夕方になると、弦次郎は蒲団に戻りこんで眠ってしまった。

夜中から起きて、人糞搬入のころあいを見計らっていたので、眠りが足りていなかったのである。

長屋の連中は、昼間から呑んでいるので、六つ（午後六時ごろ）になったころには、陣九郎の部屋で、皆、酔いつぶれてしまっていた。

いや、ひとり起き出した者がいる。

行灯《あんどん》の火を消すと、音を立てないようにして、腰高障子を開けた。

大刀を腰に帯びた陣九郎だ。

ほんのりと熟柿《じゆくし》臭い息を吐いてはいるが、あまり呑まずにいたので、酔いは覚めている。

井戸端で柄杓《ひしやく》に水を汲んで何杯も飲むと、顔も洗う。

すっきりと頭が冴えた気がした陣九郎は、長屋の路地から出ていった。

（源兵衛の居場所をどうしても知らねばならぬ）

陣九郎は、相生町四丁目周辺の、立ち退きを拒否している店への嫌がらせがつづき、ついにからけつ長屋にまでそれが及んだことに、焦《あせ》りを感じていた。

月の明るい夜だ。

竪川沿いを歩く陣九郎の影が長い。

少なかった人通りも、東広小路に入ったころには、昼間ほどではないが、賑《にぎ》やかになっていた。

両国橋を渡り、西広小路を抜け、日本橋の岩本町へと向かった。

半刻（約一時間）以上経って、源兵衛の屋敷の前に着いた。

まだ五つ（午後八時ごろ）にはなっていない。

門をたたき、

「源兵衛どのは帰られたか。喜八店の陣九郎と申す」

大声で呼ばわった。

一度脅しをかけてきた浪人者たちが、また現れるかもしれない。だが、源兵衛の屋敷の前では、斬りつけてはこないだろうと踏んでいた。

すると、門が開き、若い男が顔を覗かせた。

狐《きつね》のような細い目をした痩せた男だ。

「源兵衛は留守にしております。なにぶんとも夜ですので、静かにしてはいただけませんか」

狐目をさらに逆立てて咎《とが》めた。

「旅に出ていると前にお聞きしたが、どこにいったのか教えてはくれまいか」

「知ってどうなさるおつもりで」

「会いにいく」

「…………」

無言で若者が睨《にら》むので、陣九郎も睨み返す。

だが、すぐに若者が無言のまま門を閉めようとするので、

「待て」

陣九郎は、門を手で押さえた。

「なにをなさるんですか。ただではすみませんよ」

若者の声に怒気が籠もる。

「こちらも悠長に構えてはおられんのだ。なんとしてでも、源兵衛どのに会わなくてはすまんのだ。旅に出た先を教えてはもらえぬか」

負けじと陣九郎は声を張り上げる。

若者は溜め息をつくと、

「わたしの一存では決められませんので、しばらくお待ちください」

開いた門はそのままに、中へと戻っていった。

そのまま入ってしまおうかと思ったとき、門から少し離れて、爺《じい》さんが立っている

のが目に入った。おそらく下男だろう。

爺さんを押し退けて入るのは、さすがに気が引けたので諦めた。

しばらくして、さきほどの若者が戻ってくると、

「どうぞ、お入りください」

むすっとした顔でいう。

陣九郎のごり押しが利《き》いた形だが、中で会う者が、すんなりと源兵衛の行き先を教えてくれるかどうかは定かでなかった。

座敷に通され、茶を出された。

一口茶を飲んで、その旨さに陣九郎は驚いた。

かなり値の張る茶葉を使っているのに違いない。上方から持ってこさせた宇治《うじ》茶だろうかと首をひねっていると、

「お待たせしました。こちらへ」

狐目の若者が入ってきて、さらに座敷を移れという。

廊下を歩き、つぎに入った座敷には、貫禄《かんろく》のある男が座っていた。

にこりともしない男は、陣九郎が座ると、

「茂吉《もきち》が申しておりましたが、木暮陣九郎さま、あなたさまは、ずいぶんしつこいお

かたのようですな」

　無表情でいった。

　茂吉とは、狐目の男の名前だろう。

「ほう、俺のことを知っているのか。あいにく、俺はあんたのことを知らない。どこの誰かね。まさか……」

　ふと、陣九郎は、この男が源兵衛なのではと思った。

　旅に出ているはずなのだが、この屋敷の主然とした態度と貫禄に、そう思えてきたのである。

「これは名乗るのが遅れてすみませんでしたな。わたしは、この屋敷の主、源兵衛と申します」

　口調とは裏腹に、源兵衛は頭も下げず、なんの感情も表さない顔で陣九郎を見た。

「……ふむ。では、居留守を使っておったのか」

「そうです。静かに暮らしたいので、なるべく人と会わずにいようと思っていたのですが、あなたさまがあまりに強引なので、お会いするしかないと思いなおし、お通ししたわけです」

「この前の夜、源兵衛どのについてうるさく聞きまわるなと、浪人たちに襲われたのだが、あれはあんたの差し金かな」
「そんなことがあったのですか。わたしは存じあげませんな」
源兵衛の顔には、相変わらずなんの表情も浮かんでこない。
「源兵衛どのについて、これ以上嗅ぎまわると痛い目に遭わす、あるいは命をとると
いっていたのだがな」
「なんと剣呑《けんのん》な。ですが、わたしにはとんと存ぜぬことです。なぜ、わたしの名前な
ど騙《かた》っていたのでしょうね」
「そうか……なら、このところ相生町で起きている嫌がらせについてはどうだ。立ち
退くことを拒んでいる店や、俺の住んでいる喜八店に、さまざまな嫌がらせをしてい
るのだがな。それも知らぬというのか」
「うーむ、そんなことがあったのですか。なぜそのようなことを……わたしにはいっ
こうに……」
「嘘をつくな」
陣九郎は、ついに焦《じ》れてきた。
「嘘などついてはおりませんよ」
どこまでも無表情に、源兵衛は否定する。

「ふう……」

陣九郎は、大きく溜め息をつくと、

「端《はな》から訊くべきことをまだ訊いてなかったな」

「なんです」

「なぜ、俺たちの長屋と、そのまわりを立ち退かせたいのだ。誰もいなくなって、そのあとはどうするのだ。これなら、知らぬということはないだろう」

「はい、それはもちろん。ですがね、いってはいけないことになっているのです」

初めて、源兵衛の目がギラリと光った。

第五章　夜の襲撃

一

「誰が、あんたの口を封じているのだ」

陣九郎の問いに、

「それはいえません。いってしまったら……」

源兵衛は、それ以上は口をつぐんだ。

また無表情に戻っている。

「命がないとでもいうのか」

「さあ、そこまでかどうか定かではありませんが……」

「どうにも歯がゆいな。なんにも教えてはもらえぬのか」

「わたしも命懸《いのちが》けですので」

源兵衛は、睨みつけるような陣九郎の目をじっと見据えた。

いっとき、無言で睨み合っていたが、陣九郎はふっと息を吐くと、

「あんたに掛け合っても無駄ということか」

「そうです。わたしには、立ち退きをどうこうする力はありません」

「ただの手先というわけか」

「そうお考えいただいてけっこうです」

これでは埒《らち》があかない。

「むう……」

陣九郎は、これ以上、源兵衛になにを訊けばよいのか、なにをいえばよいのか、思いつかなくなってしまった。

「これ以上、お話ししていても無駄というものでしょう。以後、どのようなおかたがここにいらしても、同じことしかいえません。ですから、わたしは旅に出たままにしておいてもらいたいのですがね」

源兵衛の言葉には応えず、

「とりあえず、今夜のところは退散しよう」

陣九郎は立ち上がった。

「もう二度と、いらっしゃらないでいただきたいのですが」

「それは請《う》け合いかねる」

陣九郎はいい捨てると、座敷から出ていった。


帰り道、いつ襲われてもいいように気を張っていた。

ずっと月が陣九郎を照らして、隠れようにもそれは無理だといっているようだ。

だが、尾《つ》けられている気配はなく、さきほど通ったときよりも人通りは減ったが、まだ賑わっている西広小路を抜けた。

「木暮の旦那、もう仕舞いだよ。見ていかねえか」

見世物小屋の呼び込みが、陣九郎を見かけて声をかけてきた。

熊男という見世物のようだが、

「いま熊男よりも怖い生き物と会ってきたばかりなので、やめておこう」

笑って手を振った。

両国橋を渡り、東広小路から尾上町、そして竪川沿いに歩き、相生町に入って、からけつ長屋まで帰ってきたが、ついに襲われることなく済んだ。

陣九郎は意外な気持ちがした。

この前は、源兵衛のことを知りたくて聞きこんだだけで襲われたのである。今夜は、直《じか》に乗りこみ、源兵衛と談判したのだ。

居留守をかたくなに使っていてもよいところを、すんなり通してくれたことも妙な気がする。

(屋敷の前で騒がれるのが嫌で、中に通して会うことにした……ということもあるだろうが、それだけだろうか……)

考えられるのは、この前と今夜とでは、なにか事情が変わったということだ。

(いかに事情が変わったのだろうか)

はっきりと分かる嫌がらせを始めたということは、立ち退きを急いでいるのかもしれない。立ち退きまで二月という期限があったが、それが早まりつつあるのかもしれない。

(だが、どうすればよいのか……)

源兵衛と会っても、なにも収穫がなかった以上、八方塞《ふさ》がりであることを認めざるを得ない。

長屋の連中は、酔ってそのまま陣九郎の部屋で眠ってしまっていた。

陣九郎は、自分の部屋に入ると、隙間を見つけて横になった。

目が冴えてなかなか眠りにつけないでいると、

「旦那ーっ」

突然呼ぶ声に、起き上がった。金八の声のようだと思ったが、

「なんとかしてくれよお……」

むにゃむにゃとそれ以後は、なにをいっているのか分からない。

(寝言か)

なんだと思って、また横になると、しばらくして今度は、

「木暮の旦那、だらしねえよ。頼りにしてんだから……うごーっ」

信吉の大声が響きわたった。

(たまらんな、いつもこうなのか……)

自分も寝ているから分からなかったのだが、寝言をいう者が多いのかもしれない。

かくいう自分もそうなのかもしれないと思って、陣九郎は苦笑いした。

だが、すぐに鬱々《うつうつ》とした気分が胸を覆い始めた。

長屋の連中は、追い出されるかもしれないという不安の中、陣九郎に頼っている。

それが寝言にまで現れたのだ。

それに対して、陣九郎はどう応えてよいのか分からない。力になることが出来ないでいることが歯がゆくてしかたがない。

（まいったな……）

深い溜め息をついて、皆の鼾《いびき》をただ聞いていた。

翌朝、陣九郎が目覚めたときには、すでに金八と磯次は仕事に出かけていた。

二人が起き出したことは、眠りながらも剣客としての勘が働き、気がついていたが、それで目を覚ますほどには、気に留めていなかったのである。

陣九郎とともに、信吉と東吉が起き上がった。

二人とも、羅宇屋《らうや》と与次郎《よじろう》売りという、行商を生業《なりわい》としている。陣九郎は、昼間の大道芸だ。

辰造と三蔵は眠っているが、この二人は博奕《ばくち》打ちと八卦見《はっけみ》だから、もっぱら夜に活動する。

井戸端で顔を洗っていると、お千が部屋から出てきた。

「これから梅仙へいくのかい」

信吉の問いに、

「ええ。お先にいってまいります」

お千は頭を下げ、陣九郎を見て微笑んだ。

「旦那、隅《すみ》に置けねえなあ。いつお千といい仲になったんでやす」

東吉は、お千の姿が見えなくなると、陣九郎にいった。

「そうそう、あの目つきは、好いた男を見る目つきでやすぜ」

信吉が輪をかける。

「お千とはなにもない。妙なことをいうな」

「あらあら、旦那の顔が赤くなったぜ」

「ほんとだ」

東吉と信吉の戯《ざ》れ言に、陣九郎はやれやれと苦笑いした。

(これから一日中、掏摸《すり》をするのかな……)

陣九郎は眉をひそめた。

梅仙で働いているのは嘘だと聞き、掏摸をしているらしきことは知った。だが、まだお千については、よく分からない。

空は曇ってきており、湿っぽい風が吹いている。

「嫌《いや》だね、なんか雨になりそうな按配《あんばい》だ」

「今日一日は持つかもな」

信吉と東吉は、明日は雨になりそうだから、今日一日、なるべく歩きまわって、稼いでおこうといい合った。

陣九郎とて同じことだが、

「立ち退きのこと、お頼みしやすぜ」

「旦那だけが頼りなんでやすから。なにか手助けしてもらいたいことがあったら、喜んでしやすよ」

信吉と東吉の言葉に、曲斬りをやっている場合かという気もしてくる。

とはいっても、打つ手がないのだから、陣九郎もなるべく稼いでおいたほうがよいだろう。

夜の酒盛りで、源兵衛と会ったことを話そうと決め、今日一日は曲斬りに専念しようと思った。

ところが、これがなかなか客が集まらない。

雨が降るかもしれないので、道ゆく人々に、のんびりと大道芸を見ている余裕が失われているせいだった。

それでも、その日は、暗くなるまで曲斬りをしつづけた。

帰途につくころには、身体がだるくなるほどに疲れていた。

だが、それは充実した疲れだった。

二

両国橋を渡り、東広小路を抜けていたときである。

「おや、木暮どのではござらぬか」

声に振り向くと、袴田弦次郎が笑みを浮かべて近寄ってきた。

普段、弦次郎が笑った顔など見たことがないので、陣九郎は驚いた。

「袴田どの……」

「長屋を出ていかなくてはならぬということは、わしも知っておる。どうしたものかと思っていたのだが……なにやら嫌がらせを受けたようだな」

「うむ、昨日は大変だった」

「わしは、昨夜から出かけておったので、知らなかったが……どうだ、そのことについてもいろいろと聞きたいのだが……」

弦次郎は、手で猪口《ちょこ》を傾ける仕種《しぐさ》をした。

「そ、それはけっこうだが……」

あまりに意外な展開に、陣九郎は戸惑《とまど》ってしまう。

「では、近くに居酒屋があるでな。そこで一献《いっこん》傾けようではないか」

弦次郎は、先に立って歩き始めた。

陣九郎は、あわててあとにつづく。

(妙なことが起こるものだ。どういう風の吹きまわしなのだろう)

首をかしげながら、

(袴田どのについては、あまり知ってはおらんのだ。どこか陰険な男だと思っていたのだが……実際は、違うのかもしれん。袴田どのを知るには、よい機会だな)

長屋で、武士は二人だけなのだ。

もっと親しくなってもよいなと、陣九郎は思った。


尾上町の路地に入り、しばらく歩くと、暖簾《のれん》に「酒」とのみ書かれてある店があり、そこへ陣九郎は弦次郎に連れられて入った。

狭い店ながら、なかなかに繁盛しており、すでに入れこみは人で溢れていた。

衝立の奥に二畳ほどの座敷があるようで、

「空いておるか」

弦次郎の問いに、歯の欠けた老亭主がうなずく。

座敷で、二人は酒を呑むことになった。

「少々、入れこみの客が騒がしいが、そのほうが、いろいろと話しやすいのではないかな」

弦次郎の言葉に、陣九郎も同感だ。

「まずは一献」

運ばれた酒を、弦次郎が酌《しゃく》をする。

気さくでにこやかな弦次郎を、

(なにか魂胆《こんたん》でもあるのだろうか……)

陣九郎は、疑いのまなざしで見た。

だが、一杯、また一杯と呑むにつれ、陣九郎の弦次郎に対する疑いが少しずつ薄れていった。

長屋の連中に頼りにされ、それに応えられない不甲斐《ふがい》なさを感じていたところへ、弦次郎との一献は気晴らしになったのである。

最初は、弦次郎が身の上話をした。

「わしは、国許《くにもと》で上役の逆鱗《げきりん》に触れるような失策をしたので、浪人となって江戸に出てきたのだ」

弦次郎の述懐に、

「わたしも同じようなものだ」

陣九郎は応えた。

それ以上は話したくなかったのだが、弦次郎が細かく詮索してこなかったのは幸いだった。

許嫁《いいなずけ》の従兄《いとこ》を斬ったことが原因だなどと、いいたくはなかったからである。

陣九郎も、弦次郎の過去のことを深くは訊かなかった。

そのうち、地主の源兵衛の話になり、陣九郎は忌憚《きたん》なく昨夜までの話をした。

「それは、どうにもやりきれないですなあ。いったい、源兵衛のうしろには、誰がいるのやら……」

弦次郎は、しきりにうなって考えこんだ。

一刻（約二時間）ほど呑むと、陣九郎と弦次郎は居酒屋から出た。

竪川沿いの道に出ると、

「おっと、あの店に忘れ物をしたようだ。先に、帰っていてくれますかな」

といって、弦次郎はきた道を戻っていった。

雨が降る前兆なのか、昼間と同じく、夜も雲が多い。

薄ぼんやりとした明かりの中を、陣九郎は商売道具をくるんだ筵《むしろ》を抱えて歩いていた。竪川の流れは暗い。

歩いている足がもつれた。

暗い上に、目に靄《もや》がかかっているようだ。

居酒屋を出たときから、身体がふらつくような気がしていた。

（呑みすぎたか……）

陣九郎は靄を振り払うように頭を振った。

さほど呑んだとは思えない。

（久し振りに曲斬りをしすぎたかな）

その疲れが酒と相まって、酔いを深くしているのかもしれないと思った。

早く長屋に帰って寝ようと思いつつ、足を急がせようとしたが、もつれてうまく歩けない。身体が痺《しび》れているような感じだ。

たったたっと、足音が背後から近づいてくるのが聞こえた。

それも複数の足音である。

（なにごとだ）

陣九郎は、振り返った。

すると、四人の浪人がこちらに向かって走ってくる。

源兵衛のことを嗅ぎまわるのはやめろと脅《おど》した浪人たちのことが頭に浮かんだ。

陣九郎は、筵を放り出して立ち止まった。

走り寄ってきた浪人たちは、陣九郎のまわりを取り囲むように位置取る。

浪人たちの顔は、薄い月明かりにぼんやり見える程度だ。

脅してきた浪人たちと同じかどうか、断定は出来ないが、そのような気がした。

「なにか用か」

陣九郎の問いかけに、

「命をいただく」

ひとりの浪人が応えて、四人ともに刀を抜いた。

その声には聞き覚えがあった。

陣九郎も刀を抜いた。

「この前、脅してきた者たちか」

その問いに応えずに、ジリッと浪人たちは間合いを詰める。

陣九郎は青眼《せいがん》に構えているが、その刀が重い。

さきほどよりも、身体の動きが鈍くなっているような気がする。

目の靄もひどくなってきているようだ。

浪人たちから発せられる殺気は痛いほどだ。その痛さに、少し頭がはっきりとしてきた気がする。

「たあっ」

背後の浪人が気合を発して斬りかかってきた。

陣九郎は、いきなり横に跳んだ。

なにも考えずに横の浪人に向かって跳んだので、浪人はあわてて、陣九郎に斬りつけられない。

横の浪人ともつれ合うようにして倒れこんだ陣九郎は、肘《ひじ》で浪人の鳩尾《みぞおち》をついた。

上手く決まったようで、

「ぐっ」

浪人はうめいて、身体を折ってうずくまるようにして気を失った。

すぐさま、陣九郎はくるりと一回転して立ち上がると、一目散《いちもくさん》に駆け出した。

「待て！」

声がするが、もちろん応える気はない。

（明るいほうへ逃げれば）

なんとかなりそうな気がしたが、東広小路は浪人たちが追ってくる方角だ。どうにかして相生町の表通りに出ようと思ったが、すぐに追いつかれてしまいそうだ。

必死に走ろうとするが、足がもつれて上手く走れない。

背後に殺気が急激に迫ってくる。

陣九郎は、ぴたっと止まると、向き直りざま、刀を一閃《いっせん》させた。

「ぎゃっ」

背後から走りつつ斬りつけようとしていた浪人が悲鳴を上げた。

目の辺りを押さえて倒れこむのが、ぼんやりとした陣九郎の視界に入った。

「こ、こ奴！」

憤怒《ふんぬ》に燃えた声がして、二人の浪人が陣九郎に迫ってきた。

身体が痺れて、普段のようには動けない陣九郎は、もうこれまでだと思った。

そう思うと、もはや怖いものはない。捨て身になって、応戦した。

浪人たちの刀がなんども、陣九郎の身体を斬り裂いた。

だが、陣九郎の刀とて、相手に届き、傷を負わせた。

ずいぶんと長く斬り合った気がしたが、それほどでもなかったかもしれない。

次第に、陣九郎は追い詰められ、竪川の川岸で、川の流れを背にしていた。

「死ねっ！」

浪人の刀をはじき返し、もう一人の浪人の刀を咄嗟《とっさ》に避けたとき、足がズルッと草で滑《すべ》った。

「わっ」

宙に一瞬浮いたかと思うと、陣九郎は竪川へと落下した。

「ど、どこだ」

「浮いてこんか」

浪人二人は、暗い川面に目を凝らしていたが、陣九郎の姿は見えなかった。

浪人たちは、川岸を走って、陣九郎を探したが見つからない。

「溺《おぼ》れ死んだか」

「明日にでも、土左衛門《どざえもん》となって見つかるだろう」

「それよりも、顔を斬られた勘兵衛《かんべえ》が気がかりだ」

「戻るとするか」

二人の浪人は、川岸をあとにした。

三

陣九郎は、川に落ちた瞬間から気を失ってしまった。

気がついたときは、座敷に敷かれた蒲団の上で寝ていた。

陽が障子を通して差しこんでおり、木々の枝が影絵となって障子に映っている。

ちゅんちゅんと雀《すずめ》の鳴き声が聞こえる。

「ここは……」

天井が見えるが、どこか見覚えがある。

木目の模様や、節穴、滲《にじ》みに覚えがあるのだ。

同じ天井を見上げて寝ていたことがある。

「そうか」

以前に、斬られて気を失った陣九郎は、旗本の本田館蔵の屋敷に担ぎこまれて介抱を受けたことがある。

本田館蔵は新番頭《しんばんがしら》の役目についている。

新番頭は、将軍が江戸城から外へ出るときに警護に当たるほか、武器の検分などをした。
その本田館蔵の屋敷の天井と同じなのだった。
座敷には、陣九郎のほかは誰もいなかった。
身体を起こそうとした途端、脇腹がずきんと痛んだ。
さらには、左右の肩、二の腕、太股《ふともも》が痛む。
そして、身体全体がだるく火照《ほて》っている。熱があるに違いない。
昨夜、浪人たちにずいぶんと斬られたことを思い出した。
すべて、朦朧《もうろう》とした記憶となっている。
(よく生きていたものだな……)
横になったまま、記憶をたぐるが、川に落ちたあとは、まったく思い出せない。
(気を失ってしまったのか。誰がここまで運んでくれたのだろうか)
すると、人が歩いてくる気配がした。
小幅な足どりで、摺《す》り足だ。
(女中か……あるいは)
以前、目が覚めたときに見た観音《かんのん》さまか吉祥天女《きっしょうてんにょ》のような顔を思い出す。
ぼんやりした頭で、あの世にきたのかと思ったものだ。そして、

(日本髪のよく似合う観音さまだな)

などと感じていたのだった。

そして、その顔は故郷で自裁した志乃によく似ていた。

足音は部屋の外に達し、障子が開いた。

思わず顔を向けるが、逆光になって顔がよく見えない。

「お目覚めになりましたか」

声が聞こえた。安堵の色が声音に混じっていた。

「お春さんだね」

陣九郎の言葉に、

「はい」

応えて、横たわった陣九郎の隣に座り、

「お茶をお持ちしました。いま粥《かゆ》を持ってまいります」

といって、すぐに立ち上がろうとするのを、

「す、少し待ってはくれないか」

陣九郎が止めた。

障子は閉められており、明かりに慣れた目にお春の顔がはっきりと見えた。

切れ長だが大きな目で、ふっくらとした頰、形がよい鼻に、柔らかそうな唇は、志乃とよく似ている。

だが、しとやかでおっとりしていた志乃とは違って、お春の目は活発な光を宿している。

「俺は、どうしてここに」

「また斬り合いをされたのでしょう。二ッ目之橋の杭《くい》にひっかかっているのを、岩屋《いわや》さまが見つけられたのです」

本田館蔵の家来岩屋喜八郎《きはちろう》が、外出の先から舟で帰ってきたのだが、降りる場所は二ッ目之橋の袂《たもと》だった。

そこで、身体中に傷を負い、気を失って、杭にひっかかっている陣九郎を見つけたのだった。

陣九郎は、外から見たのでは分からないほど速い川の流れに、二ッ目之橋の袂まで、あっという間に流されていたのだった。

二ッ目之橋から、本田館蔵の屋敷までは遠くない。

近くの若衆に心づけを渡し、戸板で屋敷まで陣九郎を運んでくれたのである。

「本田さまのご家来衆に、またも助けられたとは……恩を返そうにも、これではいつになったら返せるやら」

溜め息交じりにいう陣九郎に、

「そんなことより、斬り合いなど、危ないことはお止めくださいな」

お春の声が尖《とが》った。

「う、うむ。だが、襲われたのだ。それも、俺が首をつっこんだわけではなく、長屋の立ち退きに掛かり合ってのことなので、避けられなかったのだよ」

つい、いいわけじみてしまう。

「なら、もっとお強くならなくては」

「そ、それは無茶というもの……」

陣九郎がお春を見やると、うっすらと目が潤んでいるようだった。

お春は、あわてて目を逸らし、

「すぐに、粥を持ってまいります」

急いで立ち上がり、部屋を出ていった。

(お春さんを心配させてしまったではないか。まったくだらしがないぞ、俺は)

陣九郎は、自分を叱りつけたかった。

(だが、昨夜の俺はどうも妙だったな……)

居酒屋を出るころから、身体がおかしかったことを思い出す。

その理由はなにかと思いめぐらせていると、

（袴田どののせいなのか……なにか、薬を盛られでもしたのだろうか）

身体の変調は、痺れ薬か眠り薬のたぐいのせいかもしれないと疑ってみる。

二度ほど、陣九郎は小用を足しに座を外した。そのときに、弦次郎に薬を盛られたのかもしれない。

（いや、きっとそうに違いない）

いつもは疎遠で、打ち解けようにも話そうとするそぶりさえ見せなかった弦次郎が、昨夜ばかりは、向こうから親しげに話しかけてきた。

それも、薬を盛って身体を痺れさせ、刺客《しかく》の助けをするのが目的だと思えば、納得できる。

（だが、なぜ……）

弦次郎がそのようなことをする理由が分からなかった。

四

お春は、粥を持ってくると、陣九郎が起き上がるのを助けてくれ、給仕もかいがいしくしてくれた。

だが、どうもお春の表情が硬い。

その切れ長だが大きな目は、くるくるとよく動きはするが、陣九郎をあまり見ようとしない。

どうも陣九郎には、お春はなにか屈託があるように思えた。

粥を食べ終わり、茶を飲んでいるときに、

「お春さん、なにか俺にいいたいことでもあるのではないか」

思い切って訊いてみた。

「……なにもありません」

お春は、斜め下を向いていう。

「その……俺がなにかいけないことでもしたのかな」

「なにもしてません」

ぶっきらぼうな応えだ。

「そ、そうか……ならばいいのだ」

しばらく沈黙があり、

「では、失礼します」

粥の膳を持って下がってしまった。

陣九郎は、なぜか分からないお春の素っ気ない態度に戸惑ったまま、座敷にひとり残されてしまった。


粥を食べたあと、陣九郎は再び眠ってしまった。

目が覚めたのは、あたりがすっかり暗くなったころだった。

身体のだるさや火照りはなくなっていて、熱はすっかり下がったようである。

しばらくして、若い武士が二人入ってきた。

本田館蔵の嫡子である新一郎《しんいちろう》と、家来の鮫島健吾《さめじまけんご》だった。

同い年の若者である。

陣九郎が二人と久闊《きゅうかつ》を叙していると、今度は、岩屋喜八郎が入ってきた。

「岩屋どの、また命をお救いいただき、まことにかたじけない」

率直に陣九郎は礼を述べ、頭を下げた。

「なんのなんの。それがしが橋の袂で、木暮どのをお見かけしたのは、木暮どのの運があってこそのこと。運もまた、剣客に必要なものではござらんか」

わははと、岩屋喜八郎は豪快に笑った。

岩屋喜八郎は三十四、五歳の武士で、四角く顎が張った顔だが、いかめしさはなく、大きな目が優しげだ。

「しかし、深い傷はなかったのですが、身体のいたるところを斬られていたのには驚きました。なにゆえ、かようなことになったのですか」

岩屋喜八郎の問いに、陣九郎は戸惑った顔になる。

「あ、いや、話しづらいことならば、話してくださらなくてけっこうですぞ」

岩屋喜八郎は気遣いを見せる。

「別に話しづらいということはありません。どこからお話しすればよいかと、迷っていただけのことです」

陣九郎は笑っていうと、

「最初からお話ししましょう。わたしの暮らしている喜八店、通称からけつ長屋というのですが、そこを立ち退かねばならぬことになりましてね……」

そもそもの発端から、話そうとしたときに、お春が茶を持って入ってきた。

四人の前に茶を出して、下がろうとするのへ、

「お春もここにいて、話をうかがってみたらどうだ。夜っぴて介抱していたのだ。そのくらい、木暮どのも許してくれよう」

岩屋喜八郎の言葉に、お春は頬を染めて、

「わ、わたしはけっこうです」

なおも立ち去ろうとする。

「待ってください。お春さんにもぜひ聞いてもらいたいのだ。まあ、斬り合いをしたことを叱られたので、そのいいわけをしたいということもあるのだが」

陣九郎が頭をかいていうと、

「ほう、木暮どのを叱ったのか」

新一郎が目を丸くした。

「そ、そんな……」

お春があわてているので、

「いや、わたしが悪いのだ。お春さん、いきさつをぜひ聞いてもらいたいのだ」

陣九郎の言葉に、お春は渋々といった風に座った。

喉が渇いていたので、陣九郎は茶を飲みほした。

お春が、急須から茶を注ぎ足してくれるのを待って、陣九郎はそもそもの発端から話を始めた。

陣九郎が話し終えると、

「妙な話ですね。相生町の三丁目といえば、ここから近いですが、なぜそのようなことが……」

鮫島健吾が、首をひねっていう。

新一郎も、そしてお春も、同じ反応だったのだが、

「ひょっとすると……」

なにか心にひっかかるものでもあるのか、岩屋喜八郎だけは腕を組み、しきりに考えこんでいる。

「なにかご存じなのですか」

陣九郎の問いに、

「掛かり合いがあるかどうか……」

曖昧な返事をすると、

「しばし待っていただきたい。それがしの一存では、なんともいえぬのです」

主の本田館蔵にうかがいを立てないといけないといった。

館蔵は、さきほど江戸城から戻ってきて、風呂にはいったところだそうだ。夕餉《ゆうげ》が済んだあとに、見舞いに現れるそうである。

「かたじけないことで」

陣九郎は、主人の館蔵まで煩《わずら》わせることに恐縮しきりであった。

だが、岩屋喜八郎はなにかを知っているようで、それは館蔵もしかり。その館蔵の許しが出れば、教えてくれるのに違いないと、岩屋喜八郎の言葉から類推した。


お春は通いで行儀見習いをしているが、陣九郎のために泊まってくれているようで、夕餉の膳《ぜん》の給仕もしてくれた。

給仕といっても、飯のお代わりがあれば、飯をよそってくれるだけのことだが、話し相手になってくれるのがありがたい。

陣九郎の話を聞いてくれてからは、さきほどの素っ気なさは影をひそめ、長屋への嫌がらせに対し憤慨してくれていた。

夕餉を済ませたころに、奥方の梅代《うめよ》が現れ、陣九郎の身体を心配してくれた。にこやかな笑みを絶やさず、優美なという形容がぴったりの奥方である。

梅代が去ってから、入れ違いに本田館蔵が現れた。

豪放磊落《ごうほうらいらく》な武士で、体格もよく頼もしい雰囲気を漂《ただよ》わせている。

かしこまる陣九郎に、膝を崩すようにいうと、

「いや、まだ寝ていていただいたほうがよいかもしれぬ。身体を休ませなければならぬときでしょうからな」

とまでいってくれた。

だが、それに甘えるわけにはいかない。しかも、寝たままだと余計に気を遣って疲れそうだ。

お春はいったん座敷を出て、館蔵のための茶を持ってくると、座敷から下がっていった。

館蔵は、声をひそめて、

「さきほど、岩屋から、木暮どのの危難について話を聞いたのだが、聞くにつれて、いまある老中の屋敷の中で起こっていることと掛かり合いがありそうな気がしてきたのだ」

「老中のお屋敷で……ですか」

あまりに意外な話に、陣九郎は驚いた。

「うむ……これは、外に漏らしてもらっては困ることなのだがな」

館蔵は、声をさらにひそめて、陣九郎に語り出した。

五

老中大久保摂津守忠成《おおくぼせっつのかみただしげ》の家中で、不幸が度重なって起きていた。

忠成の孫娘が、原因不明の病《やまい》に罹《かか》ったことを発端に、娘は寝ついてしまい、娘婿《むすめむこ》は気鬱《きうつ》になった。

なにかに祟《たた》られているのではないかと忠成は案じて、陰陽師《おんみょうじ》に祓《はら》ってもらったのだが、孫娘の病はよくならず、娘は起き上がることが出来ず、娘婿の心の状態も悪化した。

また、忠成自身も身体に変調をきたし、さらには奥方も……と、不幸が重なり、よくなる兆候はまったく現れなかった。

そこへ、京からやってきた祈禱師《きとうし》が、大久保家を祟っているのは忠成の水子《みずこ》で、祟りを鎮めるには、その水子を祀《まつ》らねばならないといった。

忠成には、その水子に心当たりがあるようだった。

どこにどのように祀ればよいかと、忠成が訊くと、祈禱師は、ひとしきり祈ったあとに、水子からの声を聞いた。

水子を祀る場所は、江戸の町の中だそうだ。

「その場所というのは」

陣九郎が思わず訊いた。それがからけつ長屋のある場所なのではないかと、気が急《せ》いたのである。

「そこまでは分からぬのだ。だが、これから、城に上がったときに、それとなく探ってみようと思う。何日かかるか分からぬし、なにも探り出せないかもしれぬが、その場合は許してもらいたい」

「ゆ、許すもなにも、これだけ教えていただいて、実に有り難いことです」

陣九郎は、またもや恐縮した。

ただ、その場所がからけつ長屋のあたり一帯だとしても、公儀の老中の指図でのことなら、陣九郎や長屋の者たちがどうこう出来る問題ではなくなる。

それでも、裏の事情が分かれば、出ていくことに諦めもつこうというものだ。

翌日も、陣九郎は横になったままだった。

診察にきた医者によれば、あまり動くと傷口が開くそうだ。二、三日は、安静に寝ていなくてはいけないという。

毎日、傷に薬を塗って、晒《さらし》をあてておくのだが、その役目は、お春が担《にな》ってくれた。行儀見習いで本田家に奉公している娘が、そこまでする必要はない。

だが、前にも陣九郎を介抱したことがあるので、お春にまかせることになったのだそうである。

「そのほうが、木暮どのも、気が楽であろう」

岩屋喜八郎の言葉に、

「さようです」

と応えた陣九郎だが、その実、気が楽というよりも、ただ嬉しかった。

「木暮さま、見慣れない傷痕がありますね。まだ治ったばかりの傷です」

手当てをしながら、お春が陣九郎の肩口の傷を見ていった。

「うむ、浅い傷だがな」

「これもしかたなく斬り合った傷ですか」

お春が睨む。

「そうだ。いや、本当なのだ。俺を恨みに思っていた男が差し向けた刺客の一人なのだよ」

「刺客の一人……では、またつぎの刺客も」

お春の顔が曇る。

「いや、差し向けた本人が亡くなったそうなのだ。最後の刺客だと、当の刺客がいっておった」

「では、もう大丈夫だと……」

「そうだ」

陣九郎の応えを聞いて、お春は安堵の表情を浮かべた。

男と女の感情に鈍い陣九郎でも、お春が自分を憎からず想ってくれていることに気づき始めていた。

ならば、自分の気持ちを伝えたいとも思うが、それがなかなか出来ない。

これまでは刺客に追われる身だったことで、それを理由に積極的に想いを打ち明けるなど出来なかったのだが、もう追われる身ではない。

だが、そうはいっても、難しい。

志乃とは、もともと幼馴染《おさななじ》みであり、親が決めた許嫁《いいなずけ》だった。

小さいころより、お互いに相手のことを想っており、しかるべき年齢になれば、一緒になるということを疑ったことはなかったのである。

気持ちをたしかめる必要もない、恵まれた二人だったといまは思う。

お春に、ひとこと想いを打ち明ければよいのだと思うが、そこで頭をよぎるのが、自分がしがない大道芸人であるということだった。

（老舗《しにせ》の扇屋が、手塩にかけた娘を、俺になど嫁に出すものか）

と考えてしまうと、想いを打ち明ける気など失せてしまうのだ。

（いい歳をして、なにをうじうじと……）

いろいろ悩んだ末に、きっぱりと諦めてしまえと、陣九郎は己《おのれ》にいい聞かせることにした。

そんなことで葛藤しているうちに、三日が過ぎた。

床上げにはまだ早いが、起き上がって歩くことは医者から許可が出た。

館蔵は、まだ祈禱師のことに関して探り当ててはいなかった。

長屋の連中が心配しているといけないと思い、文を書くことにした。

怪我をしたので、しばらく本田館蔵の屋敷で養生する旨《むね》をしたためると、下男の爺《じい》さんに心づけを渡し、長屋まで持っていってくれるように頼んだ。

三蔵なら字が読めるので、三蔵の部屋を教えておいた。

絶対に、浪人には渡すなと釘を刺した。

戻ってきた爺さんは、たしかに八卦見に渡したといったので、安心した。

(袴田どのは、どうにも危ない。なにをどうするか分かったものではない)

居酒屋を出てからふらついたことから、薬を盛られたに違いなく、信用出来なくなっていたのである。


そして、さらに二日が過ぎた。

この日、館蔵は城から戻ってくると、すぐに陣九郎を呼んだ。

場所が分かったというのである。

祈禱師は、老中大久保忠成に、水子の声は、祈っていると聞こえてくるといい、さらにまぶたの裏に絵図のようなものが現われたといった。

「十字の形が見えます。その十字の左に四の文字が。ここの一部に社《やしろ》を建てて祀られるとよいでしょう」

それがどこを指すのか、忠成も側近の者たちも、江戸全般の絵図と首っ引きになって探した。

するとどうだろう、竪川と一ッ目通りが十字に交わり、その十字の左に、相生町四丁目があるではないか。

改めて、祈禱師にこの絵図を見せると、

「そうです。このあたり……この端のあたりがよろしいかと」

指し示したのが、四丁目の右端のあたりだったという。

つまりは、からけつ長屋がある一帯だったのである。

館蔵は、大久保忠成に近い旗本から聞いたという。そして、忠成本人がその旗本にいったというのだから、おそらく本当だろうといった。

（これは、長屋に居つづけることを諦めねばならぬなあ……）

長屋へ戻って、皆に、なんといってよいのか分からなかった。

老中の指図だということは、公儀の秘密となっているようだ。長屋の連中にいうことは出来ない。

もし、ほかに漏れて、それが公儀の知るところとなったら、館蔵が追及されるかもしれないのである。

陣九郎は、館蔵の前から辞して、自分が寝ている座敷に戻った。

(それにしても、まったく迷惑な祈禱師だ。いや、迷惑なのは、祈禱師にそうといわせた水子か)

その水子は、忠成が孕《はら》ませた子だ。迷惑な張本人は忠成ということになる。

(いかん、一度でも、不幸せな水子を迷惑だと思ってしまった。謝らねばな。しかし、どこに向かって謝れば、そして祈ればよいのだ……)

ともかく、天に向かえばよいのだと思い、障子を開けて、空に向かって手を合わせていると、

「お天道さまを拝んでいらっしゃるんですか」

いつのまにか、お春が立っている。

「あ、いや……」

陣九郎は、子どもじみたことをしている気がして恥ずかしくなった。

「よいお天気がずっとつづいてますね」

お春は、空を見上げていった。

春から雨の量が少なくて、百姓たちは困っているようだともいった。

陣九郎が襲われた翌日も、結局雨は降らなかった。

そういえば今年は空梅雨で、夏になっても晴れた日がつづいていると、陣九郎は気がつき、

(老中の大久保どのは、祈禱師に雨乞いでもさせたほうがよいのだ)

むらむらと、また怒りが湧いてきた。

「怖い顔してますよ」

お春の言葉に、陣九郎は我に返って苦笑いした。

第六章　ことの真相

一

文太郎は、源兵衛の説得に失敗したので、長屋の皆に合わせる顔がなく、戻りづらかった。そのために、貸本屋で寝泊まりをしていた。

だが、陣九郎が本田館蔵の屋敷で養生しているあいだに、文太郎は高城屋に戻った。

まだ勘当されているわけではないので、ばつが悪かったが、思い切って戻ったのである。

店の者たちは、文太郎が戻ったことを喜んでくれた。

病《やまい》に罹《かか》った貸本屋の代わりをつとめていたが、病も癒《い》えたので、文太郎の仕事がなくなり、ほかの仕事を探さなくてはならなくなったことがある。

だが、それよりも、文太郎はからけつ長屋の面々に対して、負い目のような、申し訳ないという気持ちが大きくなり、なにかしなければと思い決めたのである。

伯父の源兵衛に会っても、蟷螂《とうろう》の斧《おの》で、なにも得るものがなかったが、だからといって諦めるのは早い。

地主の弟の息子なのだから、なにか出来ることがあるかもしれない。

お菊との仲を引き裂かれた恨みは残っている。

だが、お菊は、金を渡されるとあっというまに元いた水茶屋から消えていた。文太郎はお菊に会いに、こっそりと水茶屋へいったのだが、そのときに分かったのである。金に汚い女なのだと思えば、諦めもつくし、そんな女と所帯を持たなくてよかったと思えてきたのだった。

ある意味、父親の庄右衛門が、二人の仲を引き裂いたことが功を奏したともいえるだろう。そう思う余裕も生まれてきた。

そして、なにより大きいのが、文太郎はつまらない自分の意地や見栄などにこだわらず、人のためになにかしたいと心底思うようになったことである。

文太郎は、源兵衛と対面して自分の未熟さを痛感した。そして、長屋を離れて貸本屋で暮らし、未熟な自分を見つめ直しているうちに、意地を張っていることが愚《おろ》かに思えてきたのであった。

「もう博奕《ばくち》はやりません。働いて返そうとしましたが、それでは一生かかるかもしれないことが分かりました。わたしはあまりに未熟でした。これからは、小僧になった気持ちで、身を粉にして働きます。ですから、なにとぞ、なにとぞ、お許し願えないでしょうか」

文太郎は、恥をしのんで、庄右衛門と継母《ままはは》のお露の前で、畳に額を押しつけた。お露は、追い出してしまいたそうだったが、そこまで無体《むたい》なことをすると、店の者たちに反撥《はんぱつ》されると危ぶみ、黙っていた。

庄右衛門にとって、文太郎はたった一人の息子だ。可愛さゆえに、勘当していなかったのだ。こうやって殊勝にも頭を下げてきたのだから、許すも許さないもない。

「分かったよ。お露にも謝《あやま》るのだな」

「はい、お継母《かあ》さまにも、わたしは無礼な言葉を投げつけ、ひどい振る舞いをしておりました。謝って済むものではございませんが、なにとぞ、ご寛恕《かんじょ》くださいますよう心よりお願い申し上げます」

少々慇懃《いんぎん》すぎるかもしれなかったが、真摯《しんし》に謝る姿は、同席していた番頭や、茶を持ってきた女中によって、店の者たちに広まった。

もっとも、お露に対しては、あまりよい思いを抱いていない者も多かったので、

「なにもお内儀さんに、そこまでして謝ることはないのにね」

などという者もいたくらいである。

文太郎は、店の者たちに好かれていた。

お露は、自分の目論見《もくろみ》が外《はず》れて不満だったが、あからさまには顔に出さない。

実は、お露には、父親の定かでない十二歳の息子がいる。

「いまは他人に預けている十二の男の子が、あたしにはいるんですよ。ゆくゆくはこの子を養子に迎えて、店を継がそうと思っているんです」

お露は、庄右衛門と一緒になる前に、源兵衛にいったものである。

源兵衛は、お露に、

「相生町三丁目の立ち退きに力を貸してくれ。庄右衛門は頼りにならないからな。文太郎は、もっと不甲斐ない奴だから、追い出すにかぎる」

と、いった。

そもそも、お露が庄右衛門の後妻になったのは、源兵衛が仕組んだことだった。

源兵衛が、知り合いの香具師《やし》の頭領に、頭がよく狡賢《ずるがしこ》く、手先となって使える女はいないかというと、頭領は、お露を連れてきた。

源兵衛は、庄右衛門に後添えをもらわないかともちかけ、お露を会わせた。お露は持ち前の色香で庄右衛門を虜にしたのである。

そして、源兵衛は一度、酔った勢いで、お露に、

「俺には大きな望みがあるのだ。この江戸の町で、抜きん出た男になりたいのだよ」

源兵衛は、汗水垂らさずに、頭を使って財や権力を得ようと思っていた。さらに、その財と権力で、奈良屋《ならや》、樽屋《たるや》、喜多村《きたむら》といった江戸開闢《かいびやく》以来の町年寄をも凌《しの》ぐ力を得たいと願ったのである。

「それは、大それたことを」

さすがのお露も、気味の悪い思いをしたものである。

そんなときに、大久保忠成が土地を買い占め出した。地主の源兵衛にとっては、老中に取り入るまたとない機会だ。

土地を売って、莫大《ばくだい》な金を得るだけでなく、老中に恩を売り、その威光を利用出来ると踏んだのである。

お露は、袴田弦次郎がやってきたことを源兵衛に教え、源兵衛は、弦次郎を使って邪魔な陣九郎を殺してしまおうと画策した。

お露と源兵衛との連絡は、店の奉公人の藤七《とうしち》がつとめていたが、そのことは店の誰も、庄右衛門さえ知らないことだった。

文太郎が頭を下げて店に戻る決意をしたのには、おひさの説得も後押しをした。

おひさは磯次に、文太郎がからけつ長屋に帰ってこないと知らされ、店の暇なときに抜け出して、文太郎を探していた。

文太郎がしている貸本屋がどこにあるのかは知らなかったので、得意先の見当をつけて、探しまわった。

すると、文太郎を探し始めて二日後に、

「おい、おひさじゃねえか」

偶然、通りかかった借金取りの吉蔵に呼び止められた。

「若旦那が働いている貸本屋を知りませんか」

おひさは、すかさず吉蔵に訊いた。すると、

「知ってるぜ。あいつは松井町《まついちょう》の貸本屋の家で寝泊まりしてるぜ」

と、教えてくれた。文太郎の元に、借金を取りにいっているので、居場所を知っていたのである。

以前、おひさは吉蔵に談判しにいったことがある。

そのとき、眉間に稲妻のような傷のある強面《こわもて》の吉蔵に、

「若旦那は本当は真面目なんです。店の主になるのにふさわしいお人ですから、いずれは……。ともかく、これから働いてもらって、少しずつ返してもらえば、よいのではないですか」

その外見を怖がりながらも、必死におひさは詰め寄った。

吉蔵は、おひさの度胸と真摯な態度に打たれ、

「文太郎が本気なら、それでもいいぜ」

と、折れてくれた。

長屋に現れた吉蔵が、妙に聞き分けがよかったのは、おひさの談判のおかげだったのである。

文太郎は、取り壊しをやめるように、源兵衛に進言してくれと、いきなり庄右衛門に迫るのは、はばかられた。

しばらくは、店の仕事に専念して、庄右衛門の信頼を得るまではおとなしくしていなくてはならない。

だが、立ち退きの期限は一月半ほどに迫っている。

文太郎は焦《じ》れながらも、庄右衛門に話すきっかけを待っていた。

源兵衛はけんもほろろだった。庄右衛門をとおしても、なにも変わらないかもしれない。だが、なにかしなければという気持ちは、常に文太郎の胸の内にあった。短いあいだだったが、からけつ長屋で暮らした日々は、文太郎にとってかけがえのないものとなっていたのである。

いっぽう、お露は、文太郎がすんなりと戻って、跡継ぎとして再び居座ったことに、憤懣《ふんまん》やるかたなく、殺意が芽生えてきた。

文太郎は、そんなお露の不穏な気持ちに気づくことはなかった。

二

陣九郎が本田館蔵の屋敷に厄介《やっかい》になって七日が過ぎた。

傷はほぼ塞《ふさ》がり、無理な動きをしなければ、もう大丈夫だと医者からのお墨つきをもらった。

これ以上の長居は出来ないと、陣九郎は長屋へ帰ることにした。

岩屋喜八郎などは、また刺客に襲われるのではないかと心配してくれたが、それではいつまで経っても厄介をかけることになる。

「こっそり帰れば大丈夫でしょう。深編笠を貸していただけないでしょうか」

陣九郎の言葉に、

「深編笠なら、進呈いたしますが、それくらいのことでは、もし見張っている者がいたら、すぐに木暮どのだと分かりますよ」

岩屋喜八郎は、なおも気がかりそうだ。

だが、陣九郎の気持ちが固いことが分かり、

「では、お帰りになる当日だけでも、同道させてください」

警護をしてくれることになった。


陣九郎は、養生しているあいだに、いろいろと思案していた。

幕閣の老中が裏にいるのでは、とても立ち退きを止めることは出来ないと諦めていたのだが、なにか出来そうな気がしてきた。

だから、なるべく早く動けるようになりたかったので、傷が塞がったことはありがたかったのである。

お春は、三日間は、つきっきりだったが、それ以後は、普段どおりに、ほかの仕事

もするようになり、実家からの通いになっていた。

養生しているあいだは、陣九郎は退屈きわまりなかった。

そのあいだのこと、お春がなにげなく、

「そういえば、先日の夕方、木暮さまを町中でお見かけしたことがあるんですよ」

といった。

「ほう、曲斬りの帰りかな」

「女のかたとお歩きになってました。それも艶《なまめ》かしい女のかたと……たしか、左目の下に小さな黒子《ほくろ》があったかと」

じろりと、お春は陣九郎を見た。

その目が、陣九郎を刺すようで、

(うわっ、なんだこの目は……)

冷や汗が出た。

左目の下の黒子といえば、お千だ。

さらに、広小路からの帰り道、お千がしなだれかかってきて往生したことを思い出した。

あのとき、どこかでお春が見ていたのだろう。

だが、小さな黒子まで覚えているとは……。

「そ、それは……おそらく、長屋に越してきたお千という女だ。馴れ馴れしくて困るのだよ、あははは」

わざとらしいとは思ったが、つい笑い声を立てた。

「ふーん、そうなんですか」

「そうなんだ。なんでも、料理屋の仲居をしているようだが、正体のよく分からん女でな。ひところは、立ち退きを迫っている者が、密かに長屋に送り込んだ女密偵だと噂になったくらいだ」

「へえ……」

これには、お春も驚いたようだが、

「まあ、その噂はすぐに消えたがな。いまは、越す先を探しておるようだ」

陣九郎の言葉に、なんだという顔をする。

（うーむ、あの目は、悋気《りんき》の目だったのかな。すると、やはり俺にまんざらでもなさそうだぞ）

陣九郎は嬉しかったが、お春の若さを思うと、自分は相応《ふさわ》しくない気がする。

（やはり、自分はお春の前から消えていくのが正しいのか）

と思ってしまうのであった。

お春は、本田家の屋敷から、陣九郎が居なくなるのは寂しいようだった。

「介抱してくれた礼を、お春さんのご両親にもいわねばな。しばらくしたら、千羽屋《せんばや》へ挨拶にいかせてくれ」

陣九郎がいうと、お春は嬉しそうにうなずいた。

千羽屋とは、お春の実家で亀沢町にある扇屋のことだ。


晴れたり曇ったりの日がつづき、雨が降ることはなかった。

百姓にはたまったものではないが、長屋の連中の仕事には、助かることで、毎日働きに出ては、引っ越しのための金を蓄えていた。

陣九郎は、夕方に、岩屋喜八郎と新一郎、鮫島健吾に守られて長屋へ戻ってきた。

「見張りなどはおらぬようですが、くれぐれも気をつけてくだされ」

岩屋喜八郎は念を押すと、若侍二人とともに戻っていった。

それと入れ違いに、長屋の連中がぞくぞくと帰ってきた。

皆、路地に突っ立っていた陣九郎の顔を見て、

「大丈夫でやすか、かなりの怪我をしたって聞きやしたが」

金八が、陣九郎の全身をなでまわしそうな勢いで訊く。

「こらこら、触っちゃ駄目だぜ。それにしても、元気そうでなによりだ」

東吉が、笑顔でいった。

「でもなあ、なんだか白いよ。生っ白くなっちまったよ」

磯次が、しげしげと陣九郎の顔を見る。

「そりゃあ、ずっと寝ていて、お天道さまに当たってなかったからだぜ」

信吉が決めつけた。

長屋の連中は外で働いているので、皆真っ黒だ。

「ちょいと痩せやしたね」

辰造がいう。

たしかに、少し身が軽くなった気がした。

「ところで、文太郎が店に戻ったそうでやすよ。知ってやすか」

磯次が訊く。

文太郎は店に戻った後、長屋の皆に宛てた文を寄越していた。

「いや、知らん。そうか、やっと店に戻ったのか。上手く継母《ままはは》とも折り合いをつけているとよいのだが」

陣九郎は、近いうちに、文太郎が戻った高城屋を覗いてみようかなと思った。

「木暮の旦那が帰ってきてくれた祝いに、これから、酒盛りをしないか」

三蔵が皆を見まわしていった。

皆、異口同音に賛成する。

「俺は、まだあまり呑めないのだが、それはありがたい」

皆で楽しもうと、陣九郎はいった。

聞けば、陣九郎がいないあいだは、あまり酒盛りは行なわれていなかったようだ。

「なんだかね、木暮の旦那がいないとなったら、酒を呑む気にもならなくてさ」

金八の言葉に、

「おかげで、俺たち、すこぶる調子がいいぜ。酒を呑みすぎると、疲れちまいやすからねえ」

磯次が応えた。

「酒はほどほどがいいんですよ。皆、いったん呑み始めたら、きりがないんだから、いけないんですよ」

三蔵がしたり顔でいった。

これから夜にかけて八卦見にいこうとしていたのだが、酒盛りをしようといい出した手前もあり、そもそも呑みたいので、取り止めにするそうだ。

(皆、追い出されるというのに、俺のことを気にかけてくれたのだな……)

傷を負って、寝ていなければならなかったのだから、そのあいだ、長屋の連中は、不安でしかたなかったに違いない。

だが、傷が癒えて帰ってきた陣九郎を、なにひとつなじるでもなく、こうして喜んで迎えてくれた。陣九郎は、嬉し涙がこぼれそうになった。

(ありがたいことだ……だが、一人、俺が帰ってきて、不安になった者がいるに違いない)

「ところで、袴田どのは、まだ長屋におられるのかな」

陣九郎は、皆に訊いた。

「いるんじゃないんですか。ただ、あまり姿を見かけねえからなあ。引っ越していても、分かりゃあしやせんよ」

東吉が、弦次郎の部屋のほうを見ていった。

「そうか……袴田どのも誘ってみようかと思ったのだが」

陣九郎の言葉に、一同、ぽかんと口を開けた。

これまで、長屋の連中に挨拶もしなければ、会わないようにさえしていた弦次郎を誘おうというのだから、一様に驚いたようだ。

「いや、なに、袴田どのも、実は気さくなお人のような気がするのだ」

「ええぇっ、そ、そんなことは、信じられねえ」

「木暮の旦那、頭がおかしくなっちまったんじゃ……」

東吉と信吉が口々にいったので、皆、笑い出してしまった。

そっと、弦次郎の部屋を陣九郎は見たが、腰高障子が少し開いているように見える。その隙間から、弦次郎が覗いているかもしれないと思った。

事実、弦次郎は、その隙間から、皆の様子を見ていたのである。

(畜生、早くここを出たいものだ)

弦次郎は、歯嚙みする思いだった。

すべて、陣九郎に見透かされている気がしてならないのだ。

居酒屋で、陣九郎の呑む酒に痺れ薬を入れたのだが、まさか薬が利いた状態の陣九郎を殺し損ねるとは、思いもしないことだった。

弦次郎は、お露から源兵衛の手の者を紹介されていた。

手の者とは茂吉で、陣九郎が源兵衛の屋敷に押しかけたときに出てきた若者だ。

狐のように細い切れ長の目が鋭く光っている。

弦次郎は、茂吉から金を受け取って、指示を仰《あお》いでいた。

「あっしの言葉は、すべて主の源兵衛の言葉と受け取ってください。分かりましたね、袴田さま」

茂吉は、じっと弦次郎を見た。細い目がつり上がっているので、笑っているようにも見えて不気味だった。

数日前、弦次郎が茂吉に、もう長屋を出たいというと、

「もう少し待ってくださいよ。木暮という浪人が生きている以上、なにがあるか分からないですからね。見張っていてもらいたいのです」

茂吉は、はねつけた。

「だ、だが、あいつは俺を怪しんでいるに違いない」

「だからといって、袴田さまが薬を盛ったという手証《てしょう》はないでしょう。もし、問い詰められたら、絶対にそんなことはしていないといい張ればよいだけの話ですよ」

茂吉は、取り合ってくれなかった。

陣九郎は、それ以上、皆に弦次郎のことは話さなかった。

実は、弦次郎を酒盛りに呼んでみたら、どのような反応をするか見てみたいと思っ

たのである。

（ふふっ、俺も少しはしたたかになったのかな……いや、意地悪というべきか）

陣九郎は、苦笑いを浮かべた。

酒盛りの部屋は、金八の部屋と決まった。

いつのまにか、部屋から出てきて、皆のうしろにいたお千が、

「あたしも少しのあいだ、加えてもらってもいいですか」

と、訊いた。

皆に、否《いな》やはあろうはずもない。

「女っ気があったほうがいいに決まってら。それも、別嬪《べっぴん》ならなおさらだ」

東吉が、応えれば、

「じゃあ、あたしは、たくさん煮染めを作ってきますからね。ちょいと待っていておくんなさいよ」

これには、一同、大喜びである。

いったとおりに、お千は、一抱えもある大きな鍋に煮染めをどっさりと作って持ってきてくれた。

三

「おお、こいつは旨《うめ》え。さすが、一流の料理屋で働いているだけはあらあね」

金八が、一口、芋《いも》の煮付けを頰張って感嘆の声を上げた。

「あたしは、料理を作ってるわけじゃなくて、お客に配膳しているだけですよ」

お千が応えるが、

「いやいや、働いて匂いを嗅いでるだけでも、違うんだよなあ。それによ、たまには、料理をつまんでくるんじゃないのかい」

東吉がいうが、

「そんなことはありませんよ。お客さんのものには手をつけません。ですけどね、あたしたちの食事は、料理人が余りもので作ってくれるんですけど、やっぱり腕は本物ですね。美味《おい》しいんですよ、これが」

「そういうのを食べてるから、こんな味が出せるんだよ」

信吉が、大根をふうふう吹きながらいった。

陣九郎は、お千が料理屋などで働いてはいないことを知っている。

(上手く嘘をつくものだなあ……)

妙に感心して聞いていたが、

(以前は、本当に料理屋で働いていたのかもしれんな)

人には、いろいろと過去があるのだろうと思った。


酒盛りでは、陣九郎がいないあいだに、それぞれ仕事中に起きた面白いことなどが話題に上った。

長屋の立ち退きの話は、誰もいい出そうとはしない。

陣九郎が誰に怪我を負わされたのかは、まだ話してはいない。だが、陣九郎と三蔵が、源兵衛のことを嗅ぎまわるなと脅されたことは、皆、知っている。

今度の怪我も、脅した奴らの仕業ではないかと、皆、薄々勘づいているようだ。

お千は、半刻（約一時間）も経ったころ、

「じゃあ、あたしはこれで。早く寝ないと明日が早いんでね」

「いいじゃねえか。俺のほうが早いぜ」

納豆売りの金八がいうと、

「あたしは女ですからね。ちゃんと眠らないと、顔がざらつくんですよ」

といって帰っていった。

「なるほどね。あの色っぽさは、普段の心がけで持ってるのかもな」

信吉が、知ったようなことをいう。

皆、まだそれほど酔ってはいないと見極めた陣九郎は、皆の話が途切れたところを見計らって、

「ちょっと酒を呑む手を休めて聞いてもらいたいのだが」

声をひそめていった。

「へえ、なんでやすか」

つられて、金八も声をひそめる。

「これは、ここだけの話として、ほかでは絶対に漏らさないと約束してもらいたいのだが、出来るか」

陣九郎の真剣な声音に、

「で、出来やすよ」

磯次が真っ先にうなずき、皆も、すぐにつづく。

「よし。では、話そう……」

陣九郎は、本田館蔵から聞いた、老中大久保忠成と祈禱師の話をした。

京からきたという祈禱師は、蘆屋玄漠《あしやげんばく》という名だと館蔵の調べでわかっていた。

「そいつは、ひでえ話ですぜ」

金八が怒りに顔を真っ赤にさせた。

「だけどよ、その神さまのご託宣《たくせん》ってのは本当かもしれねえぜ」

「信吉、お前、けっこう信心深いんだな」

東吉に混ぜっ返された。

「その昔、陰陽師《おんみようじ》に占わせて、都の場所を決めたと聞いたことがある」

陣九郎の言葉に、

「そらね」

信吉が胸をそらす。

「だが、それは昔の話だ。いまでも陰陽師はいるが、此度《こたび》の祈禱師というのは、いろいろ聞くにつれ、どうにも怪しいのだ」

つづいた言葉に、信吉は肩を落とした。

館蔵は、祈禱師のことを、江戸城内や、旗本同士の会合などで、それとなく聞いてまわったのだが、出自がはっきりしておらず、祈禱師としての素性もよく分からないといっていた。

そして、大久保忠成に紹介したのが、屋敷の下働きの男だったということが分かってきた。

忠成は藁《わら》をもつかむ気持ちだったのだろう。

「ですが、いい加減なことをいって取り入っても、それが当たらなければ、すぐに追い出されるに決まってるでしょうに」

三蔵が、自身も八卦見だからか、当たらないときのことを考えていった。

「蘆屋玄漠という祈禱師の思惑は、分からないが、これまでだけでも、かなりの金が渡っていると見てよいだろう。それなら、水子を祀る社を建ててもなんの効果もないと分かったときに、さっさと姿を消してしまえばよいだけのことだ。べつに罪を犯したわけではないので、役人に追いかけられることもない」

陣九郎の言葉に、

「信心につけこむとは、とんでもねえ野郎ですね」

信吉は、自分が騙《だま》されたような気がしているのか、息巻き始めた。

「まあ、騙しているると決まったわけではないが、胡散臭《うさんくさ》いことはたしかだ。老中が目を覚ましてくれればよいのだが、俺たちが老中の大久保さまに会えるわけがない。そこでだ……」

陣九郎は、皆を見まわし、

「蘆屋玄漠のいる場所を探りたい」

「いる場所って、その老中の屋敷じゃねえんですかい」

金八の問いに、

「大久保さまの上屋敷にいることはいるのだが、そこに居つづけるのは、堅苦しいのか、よく外で泊まっているそうだ。だが、その場所がはっきりとしない。そこで、どこにいるのかを知りたいのだ」

「なるほど。それで、その祈禱師に会って、ご託宣を変えてもらうって寸法でやすか」

磯次が、ポンと手を打った。

「そうだ。冴えているではないか」

陣九郎の言葉に、磯次は嬉しそうに頭をかく。

「だが、これが一苦労なのだ。大久保さまの上屋敷は、江戸城近くだ。あたりは武家屋敷ばかりだからな。俺一人では手に余る。そこで、皆の力を借りたいのだ」

「もちろん手を貸しやすぜ」
金八が力強くいうと、
「俺も」（磯次）
「あっしも」（辰造）
「あたしも手を貸しますよ」（三蔵）
「手を貸すなんて当たり前のこったい」（信吉）
「誰が貸さねえなんていうもんか」（東吉）
その場の皆が、口々にいった。

四

文太郎は、陣九郎たちの動きを知らない。

なんとか父親の庄右衛門を動かし、源兵衛に働きかけてもらおうと思っていた。

ところが、もともと庄右衛門は、お露を後妻に迎えてから、お露に店のことも、暮らしのことも舵《かじ》を取られてしまっていたのだが、文太郎がいないあいだに、その傾向はさらに強くなっていた。

お露は、店の表向きのことはもちろん、雇い人の選別や、給金の額、庄右衛門の着るもの、食べるもの、一日の酒量も決めていた。

なにごとも、お露にお伺いを立てなくては、決められないのである。

(なんということだ。親爺は玉を抜かれている。腑抜《ふぬ》けだ)

文太郎の落胆は激しかった。

そんな文太郎を励ましたのは、おひさだった。

もちろん、店の者たちの前で、二人がおおっぴらに話すことは出来ない。

おひさは、目で文太郎に合図を送り、励ましていたのである。


お露は、文太郎をどうやって殺そうか、頭を悩ませていた。

(毒を盛るか……)

と、思ったこともあるが、お露が怪しまれるおそれがある。

いきなり心の臓が動きを止める病と見なされればよいが、毒で死んだと分かってしまうと、毒を盛ったのは誰かということになる。

なるべく、そのような疑いをかけられないことが望ましい。

お露は考え抜いた末に、文太郎を放蕩《ほうとう》の過ぎた息子として、抹殺することに決めたのであった。

文太郎の目下の仕事は、蔵の中の呉服がどのくらいあるかの帳面づけだった。

高城屋に戻って七日目の夜、仕事を終えて帳面を仕舞っていた文太郎に、

「若旦那、さきほど、店先にやってきた人から、これを渡してくれと」

奉公人の藤七が、畳紙《たとうがみ》を手渡した。

店仕舞いのさなかで、手代や女中、小僧までもが忙しく立ち働いているところ、ひとりの男がやってきて、店の中をうかがっている。

たまたま、藤七が居合わせて、

「なにか用なら、あっしが取り次ぎますが」

と、申し出た。

すると、男が文太郎に、この文を渡してくれと頼んだのだそうである。

「ご苦労だったね」

文太郎は藤七をねぎらうと、藤七が去るのを待って、畳紙を開いた。

すると、そこには、

「今夜五つ半（午後九時ごろ）に、四丁目にある一本松の地蔵堂にこられたし」

と、書いてあり、木暮陣九郎と名前が書いてあった。

藤七は、武士が文を持ってきたとはいっていなかったので、おそらくは長屋の連中の誰かだろう。

（なにか、立ち退きについて分かったことがあるのだろうか）

そして、なにか文太郎が力添えできることがあるのかもしれない。

そう思うと、文太郎の心は躍った。

一本松が目印の地蔵堂は、三丁目から四丁目に入ったすぐのところにある。からけつ長屋は四丁目にあるので、長屋から近い場所を選んだのだろうと思った。

これは、お露のかけた罠《わな》とも知らずに……。

おひさは、お露の様子を常に気にかけていた。

なにか企んでいるのではないかという疑いを、おひさは持っていたからだ。

この日、お露が奉公人の藤七を呼んで、なにごとか声をひそめて命じているところを見た。

ほかの女中なら、まったく気にしないところだが、おひさには気になってしかたがなかった。

そのために、出来得るかぎりだが、二人から目を離さないようにしていた。

店仕舞いの忙しいさなか、帳場から、薄ら笑いを浮かべている藤七が出てくるのを見た。

さらにしばらく経って、うきうきとした顔の文太郎が、帳場から出てきた。

文太郎に話しかけたかったが、店仕舞いの忙しさの中では、その余裕はない。

(いったいなにがあったのだろう)

二人の様子に、なにかありそうな気がしてしかたがなかった。

夕餉《ゆうげ》を済ませると、湯屋へいく日ではないので、女中たちは皆、部屋に引き上げて、眠ってしまう者が多かった。

おひさは、眠るに眠れずに、横になっていた。

妙に頭が冴えて眠れない。

すると……。

カタンと、かすかな音がした。

おひさには、それが勝手口の戸を開けた音のような気がした。

あわてて起き上がると、窓の格子戸を開けた。

女中部屋は二階の端《はし》にある。

すると、勝手口のある横の路地から、提灯《ちようちん》を提《さ》げた男が出てくるのが見えた。

（若旦那……）

提灯の明かりに浮かんだ顔は、文太郎のものだった。

激しい胸騒ぎがする。

藤七の薄ら笑いが、頭をよぎる。

得体の知れない恐怖が、胸にこみあげてきたおひさは、寝間着のまま、音を立てないようにして階下に降りると、勝手口から外に出た。

月は薄い雲に隠れて、あたりは暗かった。

幸い、表通りの向こうに、提灯の明かりが見える。

おひさは、文太郎のあとを追いかけた。


文太郎は、一本松が目印の地蔵堂までやってくると、

「もし、文太郎ですが……」

地蔵堂のまわりの小暗い雑木林に目を凝らした。

すると、すぐ横合いに気配がした。

「木暮さま……」

陣九郎かと思って顔を向けると、

「生憎《あいにく》だな」

浪人は浪人だが、陣九郎ではない。

つぎの瞬間、浪人の拳《こぶし》が文太郎の脾腹《ひばら》を打ち、文太郎は気を失ってしまった。

小走りになっていたおひさは、提灯の明かりが地面に落ちるのを見た。

「！」

悲鳴を上げそうになるが、両手で口を押さえて立ち止まった。

薄雲を通した月の光はかすかだが、提灯の明かりで様子が分かった。

ひとりの浪人が、文太郎を抱え上げ、「く」の字にして肩に担《かつ》いだ。

浪人は、ほかにあと二人いるようだ。

文太郎が持っていた提灯を一人の浪人が持って先頭に立った。

つぎに文太郎を抱えた浪人と、もう一人がつづく。

そのあとを、おひさは足音を忍ばせながら、尾《つ》けていった。

三人の浪人は、陣九郎を襲った浪人たちである。

元は四人いたが、一人は陣九郎に目を斬られて、刀を持てなくなっていた。

やがて、三人の浪人は、一軒のあばら家に入っていった。まわりに家はなく、野原に家が立っているようなものだ。

一本松の地蔵堂から、さほど離れてはいない。

家に入ると、すぐに行灯《あんどん》に火がともって、板戸の隙間から光が漏れてきた。

おひさは、静かに近寄ると、隙間から中を覗きこんだ。

三人の浪人が、文太郎になにをしようとしているのか、おひさには分からなかった。もし、文太郎に手をかけるそぶりを見せたら、なりふり構わずに大声を上げて、人を呼ぼうと思っていた。

板戸の隙間からは、ちょうど文太郎の姿が見えた。

気を失っているようだが、浪人が活《かつ》を入れると、

「うーん」

と、うなって目を開けた。

浪人の一人が刀を抜いて、その切っ先を文太郎の顔に突きつけた。

「いまから、いったとおりに、書いてもらおうか」

どうやら、料紙《りょうし》と筆と墨《すみ》が用意されているらしい。

「な、なにを書けばよいのです」

「だからいったとおりにだ。一言一句違《たが》わずに書くんだ」

浪人は有無をいわせず、文太郎に筆を持たせた。

「いいか……わたくし文太郎は、博奕をやめられず……」

「わ、わたくし……」

文太郎が書き始めたとき、

「あっ、こらっ」

「す、すみません。肘《ひじ》が……」

「紙を替えろ。全部墨をこぼしたのか……なら、墨をすれ」

浪人の苛立《いらだ》った声がした。

おひさは、その場からゆっくりと音を立てずに離れた。

そして、もうよいかと思う場所から、全力で駆け出した。

文太郎が遺書のようなものを書かされているのだと、おひさには分かった。遺書ではなくとも、書き置きのようなものだ。

全てはお露の仕組んだことに違いない。

若旦那を殺して、今度こそ自分の息子を跡取りにするつもりだろう。

大声を出しても、この場所では、近くに家がない。

おひさは、自身番屋目がけて走り出した。

相生町三丁目の角にある自身番屋に駆けこんだ。

「お、お役人さん、大変です」

障子を開けて、大声を出したが、中には誰もいなかった。

「だ、誰かいませんか」

虚《むな》しく声が響くだけだ。

見廻りにいく者がいても、かならず人は残っているはずだが、なぜかいない。

（ど、どうしよう……）

おひさは焦った。

そのとき、おひさは、からけつ長屋のことを思い出した。

からけつ長屋は、近い場所にある。墨をすって、遺書を書き終えるまでは、文太郎は殺されないだろう。

それまでに、間に合わせなくてはならない。

おひさは、からけつ長屋目指して、必死に駆けた。

五

ようやく浪人にいわれたとおりに、文太郎は書き終えた。

書き始めから薄々感づいていたが、書き終えたときには、これは自分の遺書だということがはっきりと分かった。

いや、自害して残す遺書ではない。

体裁は、父親の庄右衛門に対しての書き置きであり、別離の文だ。

自分は、どうしても博奕を止められず、借金もまた膨らみそうだ。だから、店に迷惑をかけないためにも、このまま姿をくらます……というようなことを書かされたのである。

そして、この文は店に届けられ、文太郎は出奔《しゅっぽん》したと見なされるのだろう。

実際は、この浪人たちに文太郎は殺され、どこかに埋められるか、大川に重しをつけられて沈められるかの、どちらからだろうと思った。

事実、そのとおりで、浪人たちは、文太郎を外に出して、斬り殺し、すぐに埋めてしまおうとしていたのである。

「立て」

浪人にうながされて、文太郎は立ち上がった。

くらっとめまいがした。

それは、これから殺されるという恐怖のせいだろうと思う。

「外に出ろ」

浪人がいったときである。

あばら家の戸口が、勢いをつけて開け放たれた。

「なんだ」

浪人が叫んだと同時に、

「くらえっ」

戸口で声がして、浪人たちに向かって白い袋のようなものが投げつけられた。

投げたのは、東吉だ。

浪人の一人が、それを叩き落とした。

瞬間、白い粉が飛び散った。

「うわっぷ」

つぎつぎに東吉が投げる白い袋が、浪人たちの身体に当たって、粉が飛び散る。

浪人たちは目をこすり、ごほごほと咳《せ》きこむ。

すると、戸口から飛鳥《ひちょう》のように飛びこんできた者がいた。

手に抜き身の刀をひっさげた陣九郎だった。

「ぎゃっ」

浪人のひとりが悲鳴を上げた。

太股《ふともも》を斬られて、倒れこむ。

一人の浪人は、刀を抜いた。だが、構える間もなく、陣九郎の小手《こて》が決まり、ざっくりと手首を斬られて、刀を落とした。

最後の一人は、刀を抜いて、構える余裕があった。

これまでのあいだに、陣九郎のあとから飛びこんできた磯次が、文太郎をひっぱって戸口の外へと逃れさせた。

白い粉の舞う中を、一人の浪人と陣九郎が対峙《たいじ》している。

浪人は、しきりに目をしばたたかせ、咳《せき》をこらえている。

「この前とは違うぞ。身体は痺れておらぬからな」

陣九郎はいうなり、すっと浪人に近づいた。

思わず、浪人が後ずさった瞬間、陣九郎は浪人に向かって跳んだ。

虚を衝《つ》かれた浪人は、一瞬動きが遅れた。

跳びかかった陣九郎の刀が浪人の刀をはじいたかと思うと、宙で反転するや、浪人の首筋をしたたかに峰で打ち据えた。

「むぐ……」

浪人は、気を失って倒れこんだ。

手首を斬られた浪人は、戸口から外に逃げ出したが、金八と辰造、信吉と、三人がかりで組み伏せてしまった。

太股を斬られた浪人は、這って裏から逃げようとしていたが、三蔵に押さえつけられ、東吉に手首を縛られると、そのあとに止血をされた。

「若旦那！」

外では、おひさが文太郎に飛びついた。

「おひさ……」

文太郎は、泣きじゃくるおひさを優しく抱きしめた。

自身番屋に人がいなかったのは、残っていた町役人が腹痛を起こして、厠《かわや》から出られなかったせいだった。

三人の浪人は、捕まえられて、急ぎの手当を受けた上で、一晩、自身番屋の鎖につながれて過ごすこととなった。

寝間着のままのおひさは、陣九郎と磯次が高城屋の前まで送った。

朝起きて、おひさがいないと女中たちが騒ぎだすかもしれないからだ。

文太郎は、からけつ長屋に泊まることになった。

無事に高城屋に帰ってしまっては、お露と藤七が逃げ出そうとするかもしれないからである。

そして翌日。

浪人たちがお露に頼まれて、文太郎を殺そうとしたことを白状し、お露と藤七が捕まった。

源兵衛に頼まれて陣九郎を襲ったことも白状し、源兵衛も取り調べられたが、これは土地の立ち退きのことと関わりがあるだけに、奉行所ではあまり手をつけたくない様子がありありとしていた。

こちらは有耶無耶《うやむや》になり、源兵衛は結局、お縄にはならなかった。

お露は、自分の産んだ息子を、高城屋の跡継ぎにしようと企んでいたことを白状して、庄右衛門に多大な衝撃を与えた。

庄右衛門の髪は、衝撃のせいで、一気に白髪が増えてしまった。

地主としての源兵衛からの立ち退きの要求は、このことがあっても緩《ゆる》くなることはなかった。

老中からの強い圧力があるのだろう。

立ち退きの期限まで、あと一月を切ってしまった。

愚図愚図《ぐずぐず》していられない。

からけつ長屋の面々と陣九郎は、祈禱師の蘆屋玄漠の住処を見つけるために、必死の探索を始めた。

強い陽差しに焼かれながらの探索だったが、皆、音をあげることもなく、歩きまわっていた。

乾いているために、土埃がひどく、目に入ると厄介だった。一日が終わると、陽に灼けたのと、埃のために、皆、余計に黒くなっていた。

第七章　曲斬り

一

陣九郎は、老中大久保忠成の上屋敷の周辺を歩きまわり、ときには門を見張って、蘆屋玄漠の住処を突き止めようとしていた。

ほかの連中は、上屋敷に出入りしている商家から、蘆屋玄漠のことを知ることが出来ないかと思案し、各々《おのおの》の勘を頼りに歩きまわった。

そんな面倒なことはせずに、仕事に精を出して金を貯め、少しでもよいところへ引っ越そうという考えはなかった。

からけつ長屋の連中には、たしかな絆《きずな》が生まれていたのである。

(なんとか喜八店を、そしてまわりの町をあのまま残したい)

闇雲な願いに突き動かされて、陣九郎ほか六人の連中は、探索に明け暮れた。

まわりの町の住人たちは、すでに引っ越していたり、引っ越す先を探している最中のようだった。

蘆屋玄漠のことなど、陣九郎が知り得たことは、本来なら陣九郎の胸だけに仕舞っておくべきことだったのだが、からけつ長屋の連中だけには教えた。

だが、そこまでで、それ以上は広げることは出来ない。

本田館蔵から教えてもらったということは、絶対に漏れてはいけないからだ。もし漏れて、それが幕閣の知るところとなれば、館蔵の身が危うくなる。

だから、探索もからけつ長屋の連中だけでするほかはなかったのである。

一日が過ぎ、二日が過ぎ……五日が過ぎると、次第に皆の顔に焦りが浮かんできた。だが、誰も音をあげる者はいない。

そして六日目の夕方、突然、蘆屋玄漠探索の視界が開けた。

信吉は、商家などの暖簾《のれん》をかき分けて、首をつっこみ、その馬面を見せて、羅宇《らう》の交換はないかと訊いてまわっていた。

交換や修理の依頼があると、その都度、それとなく大久保忠成の屋敷にいるはずの祈禱師について話題を振った。

「知り合いの行商をしているかたに、聞いたのですが……京から、高名な祈禱師が出てきているそうですね。なんでも、お偉いかたのところにいるとか。いったいどんなお人なんでしょうねえ」

ふと思い出したように、いってみる。

ほかの連中も同じようにして、訊きまわっているはずだが、信吉の場合は、羅宇屋という仕事柄、羅宇の取り替えや修理をしながら、世間話に興じやすかった。

祈禱師については、さあてと首を振る者たちや、噂で聞いているが、見たことはないという者が多かった。

そうした空振りがつづいたあとに、ついに見たことがあるという者に当たったのである。

江戸城近くには、松平家など多くの幕閣の上屋敷が建ち並んでいるが、そのいくつかの屋敷に、菓子を納めている菓子屋の番頭だった。

菓子屋は、栗仙《くりせん》という大きな店で、山下御門《やましたごもん》外の山下町にあった。

「祈禱師というのは、蘆屋玄漠さまというおかたでね。このかたが、甘いものに目がないときてるんだ。あのかたがいらしてから、大久保さまのお屋敷にお納めする菓子がかなり増えて、お店も助かってんだよ」

栗仙の番頭は、話し好きらしく、知っていることはすらすらと喋ってくれた。

「じゃあ、ずっと大久保さまのところにいらしてるんですか」

と、訊いてみると、

「いんや、屋敷にずっといると雑な気が溜まってくるから、気を清《さや》かにするためにといって、外でお泊まりになるんだよ」

「へえ、お詳しいんですね」

「蘆屋さまは、うちの店の菓子が気に入ってね、泊まった先からも注文がくるんだよ。上客だから、手代なんかにまかせてはおけないよ。だから、番頭のわたしがわざわざ届けにいくことにしてるのさ」

そして、玄漠が泊まる場所まで教えてくれた。

これ以上ないほどのことが聞けたのである。

蘆屋玄漠が、ときおり泊まるところは、三十軒堀《さんじつけんぼり》に近い尾張町《おわりちょう》四丁目にある家だという。

もとは商家の隠居所だったところが空き家になっており、大久保家が買い求めたようである。

つまりは、玄漠が泊まる場所をわざわざ用意したというわけだ。

「なんでまたそのようなことを」

信吉が首をひねると、

「蘆屋さまが、わたしに話してくれたのだがね、もともとは京の町屋の出で、賑やかなところがお好きなのだそうだ。はっきりとは仰らなかったが、長くお武家の上屋敷にいると、息が詰まるのだろうな。大久保さまは、蘆屋さまに長く江戸にいてもらいたいために、寛《くつろ》げる家を用意されたのだろうと思うよ。尾張町の家は静かな路地にあるが、少し歩けば、賑やかな尾張町の表通りだからね。それに、堀を渡って少しいけば森田座《もりたざ》がある。芝居もお好きだといってらしたよ」

三十軒堀を渡れば、向こうは木挽町《こびきちょう》だ。木挽町の五丁目には、江戸三座の一つ、森田座が建っている。

江戸三座とは、日本橋の堺町《さかいちょう》にある中村座《なかむらざ》、同じく日本橋の葺屋町《ふきやちょう》にある市村座《いちむらざ》、そして、築地木挽町の森田座のことを指す。

信吉は、煙管の修理をしながら、収穫の多さに内心ほくそ笑んだ。

それからの探索は、尾張町にある蘆屋玄漠の泊まる家に絞られた。

もちろん、栗仙の番頭の話が本当かどうか、しっかりとたしかめた。

周辺で聞きこんでみると、玄漠がやってくるときは、大久保家の紋のついた駕籠《かご》でやってくるので目立つそうだ。帰るときも同じだそうである。

いまは泊まっていないそうなので、つぎにいつやってくるかだ。

立ち退きまで、二十日ほどしかない。

それまでに泊まりにきてくれることを祈るよりほかはなかった。

陣九郎は、大久保忠成の上屋敷に乗りこむか、あるいは忍びこんで、玄漠と対決する手も考えてみた。

だが、対決してどうなるのか、その場にならなければ分からない。それは、あまりよい手とはいえなかったが、最後の手段として残しておくことにした。


玄漠の泊まる家は、いつ玄漠がきてもよいように、下働きの下男《げなん》が住んでいることが見張っていて分かった。

陣九郎は、玄漠と対決するには家の中がよいと考えた。外に連れ出すのは、まず面倒だし、適当な場所を探すのが手間だ。

家の中なら、危ないことになったら、自分が逃げればよいだけのことだ。

となると、家の中を調べたほうがよい。

からけつ長屋に戻って、軽く酒盛りをしながら、忍びこんでみようかというと、

「一人だけ住んでやすからね、気づかれないように慎重にやらないと……お圭《けい》ちゃん

に頼んでみたらどうでやす」

辰造が提案した。

このところ、辰造は博奕にいっておらず、玄漠の家の見張りに精を出していた。

お圭というのは、辰造が通っている、松井町の居酒屋よし屋で働いている娘だ。

松井町は、からけつ長屋のある相生町とは、竪川を挟んで向かい合っている。

一年前の夏に、辰造がお圭に惚れてしまい、よし屋に毎晩のごとく通っていたことがある。

そして、お圭は、旗本の家に生まれた双子の妹だった。同性なら、双子の姉は菩薩《ぼさつ》子《ご》と呼ばれて大事にされた。

先に腹から出てきた妹のほうは、畜生腹《ちくしょうばら》が産んだ夜叉子《やしゃご》として忌《い》み嫌われた。

お圭は、生まれ落ちてすぐに裕福な商家に里子《さとご》に出されたのだが、その家が賊に襲われ、九死に一生を得たお圭は、盗人に男手ひとつで育てられた。

育ての親は、お圭に盗みの手口を教え、技を磨かせたので、お圭の身の軽さは尋常ではない。

だが、親が亡くなったあと、お圭は盗人稼業から足を洗い、居酒屋で働くことにしたのである。

数奇な運命を生きていた双子の姉妹は、昨年再会を果たし、いまでは、ゆき来している仲である。

陣九郎は、盗みの技をお圭に使わせるのにためらいがあったが、背に腹はかえられないとの皆の意見を呑んだ。

二

お圭は、辰造が頼みにいくと、二つ返事で引き受けてくれた。

「ほかならない木暮さまたちの頼みだ。あたしでよければ、力になるよ」

久し振りの忍びこみに、ウキウキしているくらいだった。

お圭は今年十七で、江戸の娘としては色が白く、切れ長の目は黒目がちな、かなりの器量よしだ。

小柄で、きびきびとよく動く。辰造が惚れるのも、皆、納得していた。

だが、辰造の恋は実る気配はなく、辰造も諦めているようだ。

お圭は、早速、月の出ない真っ暗な夜に、玄漠の泊まる家に忍びこんだ。

寝ている下男に気づかれることなく、家の間取りと、どこになにがあるかを詳細に調べてくれた。

「さすがだ」

間取り図を見て、陣九郎は感心した。


尾張町の家の間取り図が手に入ってから、二日後のこと。

昼下がりになり、久しぶりに空から雨がぱらぱらと落ちてきた。

だが、傘を差すほどの降りではないので、この日の見張りの金八と東吉は、手拭《てぬぐい》を頭にかけて、路地の角で家を見張りつづけた。

するとほどなくして、大名駕籠のような立派な駕籠がやってきた。大名の乗る駕籠と違うところは、従者の武士が二人きりのところだろうか。

駕籠から出てきたのは、明らかに絹の光沢をした紫色の狩衣《かりぎぬ》を着て、烏帽子《えぼし》を被《かぶ》った男だった。

顔は見えなかったが、襟元から覗いたうなじはやけに白かった。

男が家の中に入ると、二人の武士たちも入っていった。

「二人も一緒に寝泊まりするのかよ……こいつは厄介《やっかい》だな」

東吉は顔をしかめて金八にいった。

「とにかく、木暮の旦那に知らせてくら」

金八は、東吉を見張りに残して、小雨の中を走り出した。


陣九郎は、金八が戻ってくると、早速、間取り図を出した。

とっつきに四畳半の部屋と台所があり、奥に、六畳の部屋が四つある。

四畳半は、下男が寝ている部屋であると、お主の調べで分かっている。

奥の六畳間の一つに、狩衣や直垂《ひたたれ》が掛けてあったというから、寝ている部屋は、その隣の六畳間のような気がする。

二人の武士が泊まるとするなら、手前の六畳間のどちらかだろう。あるいは、一部屋ずつ与えられているかだ。

陣九郎は、東吉の分の傘も持つと、金八と尾張町へ向かった。

玄漠が泊まる家に着いたころには、陽は暮れていた。

「心配することはありやせんでしたよ。侍二人は、帰っちまいました」

東吉がいった途端である。

「あら……」

金八が家を指差す。

するとＹ、一人の傘を差した女が、家の前に立った。

下男が出てくると、女はすぐに中へと入ってしまった。

「どう見る」

陣九郎の問いに、

「ありゃあ、どう見ても玄人《くろうと》ですぜ。玄漠の野郎、女が欲しかったに違いねえ」

金八がいうと、

「侍を追い返して、女としっぽり……ってことでやしたね。これはこれで面倒でやすねえ」

東吉が頰をぽりぽりと掻きながらいった。

「まあ、武士よりも楽ではあるな」

陣九郎は、当て身を食らわせるときに、手加減をせねばと思った。

深夜になっても雨は降り止まない。

カラカラに乾いていたので、これは恵みの雨だった。

昼間は蒸し暑かったのだが、夜になると大分涼しくなった。

「では、忍んでこよう」

九つ半（午前一時ごろ）になった。

陣九郎は、傘を畳んで金八に渡すと、家に向かって歩いていった。

家の門を難なく乗り越えると、雨樋《あまどい》を伝って屋根の上に登った。

このところ、身体をよく動かしているせいか、ときおり引きつる全身の傷も、さほど気にならない。

屋根の一部には、お圭が忍びこんだときに細工をしてもらっていた。

瓦《かわら》をすぐに外せるようにし、天井裏に穴を開けておいてもらったのである。

あまり雨がひどいと、瓦を戻しておかねばならない。雨漏りがして気づかれてしまうからだが、小雨なので、瓦はそのままにしておく。

天井裏を伝いながら、これもお圭が開けておいてくれた小さな穴から中を覗いていく。穴は、すべて部屋の真ん中に開けておいてくれたので、暗くても分かった。

しかも、ぼんやりと行灯《あんどん》の明かりが漏れてくる部屋があった。

そこが、玄漠と女が寝ている部屋で、やはり奥の六畳間であった。

穴から見た玄漠は、細面の色の白い男だった。

玄漠は、女に手枕をして寝ている。

陣九郎は、その部屋の隅の天井板を外して、部屋に降り立ち、女に当て身を食らわせてから、玄漠と話そうと思っていた。

玄漠がどのような者で、どのような話になるのかは、ぶっつけ本番にならざるを得ない。話の成りゆき如何《いかん》では、脅すこともしなければならないだろうと覚悟を決めていた。

穴から目を離して、隅《すみ》の天井板のところへ移ろうとしたときである。

玄漠が女から手枕を外した。

「……眠ってなかったの」

女の声がした。

「腕が痺《しび》れて、目が覚めてしまったようだ」

玄漠が応えた。男にしては、高い声だ。

「わたしの頭が重かったせいね」

女がクスッと笑う。

「枕がないと髪が崩れるぞ」

「いいのよ、そんなこと」

二人とも目が覚めてしまったようで、取り止めのない話をし始めた。

陣九郎は舌打ちしたい気分だった。

天井板を外しているあいだに気づかれてしまっては、騒がれるだろうし、上手《うま》くことが運ばないからだ。

だが、このあと、玄漠と女との話は、取り止めのない話から、重大な話へと移っていった。

盗み聞いていた陣九郎の顔が驚愕の表情を浮かべた。

そして、さらに玄漠と女は、睦《むつ》み合いを始めたのである。


雨はいつのまにかやんでいた。

東の空が明るくなってきたころに、ようやく陣九郎が戻ってきた。

「ずいぶん長くかかりやしたね」

金八が眠そうな目で訊く。

陣九郎の応えを待たずに、

「いうことを聞きましたかい」

東吉が、急かした。

「いや、玄漠とは話さなかった」

陣九郎の言葉に、二人は、

「な、なんででやす」

「いったい、どうして……」

二人は、唖然《あぜん》とした顔で訊いた。

三

翌日、一泊のみで、玄漠は迎えの駕籠に乗って大久保忠成の上屋敷へと帰っていった。おつきの武士はやはり二人ついていた。

それを見ていた辰造は、からけつ長屋へと戻っていった。

あれから、陣九郎たち三人は、深夜にやってきた辰造に見張りをまかせて帰ったのである。

一泊だけで帰ることは、天井裏で玄漠と女の会話を聞き、陣九郎はすでに知っていた。辰造は、その確認のために残ったのである。

その日の夕刻、城からすでに帰っていた大久保忠成に、

「殿さまにお会いしたいという者がきております。新番頭の本田館蔵どのの紹介状を持参しておりました」

家来が、紹介状を忠成に渡した。

ざっと目を通した忠成は、

「通しておけ」

とだけ命じた。顔には戸惑いの表情が浮かんでいる。

（なぜ、新番頭の紹介で……）

会ってみなければ分からない。

紹介状には、ぜひにも会っていただきたい男がおり、それは忠成の孫娘の病など身内の危難にも、祈禱師の蘆屋玄漠にも関わりがあると書いてあったのである。

訪問者を待たせておいた座敷に入ると、裃《かみしも》をつけ、月代《さかやき》を綺麗に剃り上げた武士が平伏していた。

「面を上げよ」

座った忠成が声をかけると、武士は顔を上げた。

木暮陣九郎である。

着物と裃は、本田館蔵の屋敷で借りたものだった。

「名前はなんという」

「木暮陣九郎と申します。いまはわけあって浪々の身ですが、元はさる家中に仕えておりました」

「なんと、浪人と申すか」

驚きの調子が声に籠もる。浪人の身で、老中に拝謁《はいえつ》するということなど、忠成は聞いたことがなかった。

もっとも、直参旗本の紹介状がなければ、どの家中の者であろうと会うことはないのではあったが。

「孫娘などの身内と、蘆屋玄漠と掛かり合いがあるということだが、どのようなことなのだ」

忠成は単刀直入に訊いた。

「ここに、蘆屋玄漠をお呼びいただければ、玄漠の嘘を見破り、その悪意を暴いてみせまする」

陣九郎は、きっぱりといった。

「なんと……そのほうは、玄漠が祈禱師を騙《かた》っておると申すか」

忠成の声には、不快な様子が漂った。

玄漠に心酔していることがうかがえ、陣九郎は、これからすることが上手くいくかどうか不安になる。

「いえ、祈禱師であることに間違いはないでしょう。ですが、此度《こたび》のこのお屋敷におけるご託宣は、玄漠の悪意によるものなので、ただちにお止めいただきたくお願い申し上げます」

陣九郎は、両手を再び畳につけて頭を下げた。

「ふむ……それがいわれなき中傷だとしたら、どうするのだ」

「そのときは、腹を切る所存にて」

「その覚悟があるというのか。ならば、玄漠を呼んでやろう」

忠成は、手をポンと打ち、

「玄漠をここへ」

近寄ってきた従者に告げた。

しばらくして、昨日と同じく紫色の狩衣を着、烏帽子を被った玄漠が現れた。

細面の顔は白く、切れ長の目で、なかなかの美男だ。

陣九郎をちらりと見たが、表情はなく、横に座って忠成に頭を下げる。

「玄漠、この木暮という浪人が、そなたの託宣は嘘だと申しておるのだが」

これまた忠成は、直截《ちょくさい》ないいかたをした。

玄漠は、片手を上げて口に当て、

「あははは……それはまた面白いことを仰るご仁《じん》ですなあ」

さも愉快そうに笑った。

「しかも、そなたには悪意があるという」

「ははは、なぜそのようなことを仰るのでしょう」

玄漠は、顔を横に向けて陣九郎に訊いた。

「それは、あなたが、大久保どのに恨《うら》みを抱いているからです」

「恨み？　なぜわたくしが」

「それは、あなたが……」

陣九郎は、思わせぶりに言葉を切った。

そして、

「あなたが、大久保忠成さまのお子だからです」

と、一段声を張り上げていった。

「いま、なんと仰られた？」

玄漠は、首をかしげる。

「お子と申しました。あなたは、大久保忠成さまが、京にいらしたあいだに、芸妓に産ませた子です」

陣九郎は、忠成に向き直ると、

「お心当たりがおありでは」

と、訊いた。

「なにをいい出すかと思いきや、莫迦《ばか》なことをいうでない」

「そのような戯れ言《ざれごと》は、人を不愉快にするだけですよ」

忠成につづけて、玄漠がたしなめるようにいう。

「その手証《てしょう》があるとすれば、如何《いかが》でしょう」

陣九郎は、怯《ひる》まずにいった。

「手証……それはどのようなものだ」

忠成の問いに、

「忠成どのが、芸妓に渡した簪《かんざし》です。その簪は象牙《ぞうげ》で出来ていて、お二人の名前が刻まれています」

「な、なんと……」

忠成の顔に驚愕の表情が浮かぶ。

だが、すぐに気を取り直し、

「そのことをなぜ知っておる」

「玄漠どのがお持ちだからです」

「げ、玄漠が……」

忠成は、玄漠を見る。

「あはははは」

途端に、玄漠が大笑いをした。

「な、なにを仰るかと思えば、なぜわたくしが、そのようなものを持っているというのです。いいがかりもはなはだしいですよ。あまりにおかしくて、涙が出ました」

目尻を指で拭いていった。

「そうだな。なぜ、そのようなことを知っているのか、教えてもらいたいものだ」

「どこで見つけたか、お教えいたしますが、その前に、京の芸妓に子を産ませたことは本当だとお認めになりますか」

「ああ、認めよう。わしは毎年、それなりのものを送っていたのだが、いつからか返ってくるようになり、便りも途絶えてしまった」

「なるほど」

「ただな、お前がなんといおうと、この玄漠が、わしの子ではないたしかな証拠はあるのだ」

「それは、どのような」

「わしが京の芸妓に産ませた子は、女だ。男ではない」

「それは、玄漠が、お子ではない理由にはなりません」

「なにをいっておるのだ、お前はこの玄漠が女だとでもいうのか」

「そうですよ、莫迦莫迦しい」

忠成は睨み、玄漠は刺々《とげとげ》しい視線を送ってきた。

「わたしは、日ごろ、両国の広小路で曲斬りなる大道芸をしております」

「なにをいいたいのだ」

忠成が怪訝な声を出す。

「いま、わたしは、ここで曲斬り花舞いの剣を披露させていただきます」

いうなり、陣九郎は、傍《かたわ》らに置いた刀を取ったかと思うと、

「たあっ」

掛け声とともに、一瞬、光が走った。

つぎの瞬間には、ぱちりと音を立てて、刀が鞘に納まっていた。

四

「な、なにを……」

忠成は、面前で刀を抜かれたことで、

「無礼者!」

と、怒鳴ろうと思ったのだが、つぎの瞬間に起こったことに度肝を抜かれた。

控えていた武士たちも、腰を浮かせたが、そのまま固まってしまった。

玄漠の狩衣が胸のあたりで真っ二つに割れて、大きな花弁が落ちるように、はらりはらりとずり落ち、肩まで露《あらわ》になってしまっていたのである。

そして、露出した胸には、晒《さらし》が巻かれていたのだが、いくら晒できつく巻かれていても、豊満な胸の膨らみで盛り上がっているのが一目瞭然だった。

陣九郎は、つと玄漠に近寄ると、胸の晒に差しこんであるものを引き抜いた。

「あっ……」

玄漠は、手を伸ばしてそれを取り戻そうとしたが、すでに遅く、

「これに見覚えがおありでしょう」

陣九郎は、すすっと摺り足で忠成に近寄って、手にしたものを掲げた。

それは、象牙で出来た簪だった。

膝をついた陣九郎は、簪を捧げ持って、忠成に渡した。

忠成は、その簪をしげしげと見て、

「ああ……これは……」

そこには、忠成と芸妓の名前が刻まれていたのである。


陣九郎は、玄漠と女の睦み合いで、玄漠が女であることを知った。

玄漠は、女を愛する女だったのである。

いや、このとき、玄漠自身が話したことによれば、もともと男なのだそうだ。間違って、女の身体で生まれてしまったのだという。

昨夜の寝間での女との話で、玄漠は忠成への意趣返しをしていて、よい気持ちであるといっていた。

忠成の孫娘が、病に臥してなかなか起き上がれず、ほかにも不幸がつづいていると知って、祈禱師として入りこんだのである。

もともと、京では祈禱師の修行をしており、素人《しろうと》ではない。

いろいろ難題を突きつけて、それを忠成にさせせることが楽しくてしかたなかったといった。

「俺のいうとおりに、大きなお社が出来たら、そりゃあ面白いじゃないか。ずいぶんと女を孕《はら》ませているようで、水子の数も多そうだ。どの水子の祟りなのかも分からないようだったな」

玄漠は、けたけたと笑った。

この意趣返しに終わりはない。あるとすれば、忠成の孫娘が死に、祈禱に効果なしとなって追い出されるときだろうといって笑っていたのである。

陣九郎は、問わず語りに、知り得たことを話していたのだが、

「なぜ、わしに意趣返しを……」

忠成は、玄漠を見ていった。

「お前は、わたしと母さまを捨てたのだ。だから、その制裁を加えてやろうとな」

玄漠は、憎々しげにいい放った。

狩衣の裂けた箇所を合わせて、胸が見えないようにしている。

「なぜだ。さきほどもいったが、金を渡せずに便りもなくなっていたのだ」

「母さまは、金さえ与えておけばよいという、あんたの態度に傷つけられたんだよ。

女の心と、そして誇りをね。あんたのことを、卑劣な奴だといってたよ」

玄漠の言葉に、忠成は苦虫を嚙み潰したような顔になる。

「胸の晒に、いつも形見の簪を入れていると、寝物語にいっていたが、その簪は、忠成さまとお前の母親の想い出の品だ。なぜ、それを」

陣九郎の問いかけに、

「ふん。形見であると同時に、憎い親父《おやじ》を思い起こすものなのさ。これを胸にぴったりとつけていることによって、意趣返しの気持ちを燃え立たせていたんだよ」

「相当、意趣返しのために無理をしていたのではないか」

「母さまの悔しかった気持ちと、たいそう貧しく苦しかった暮らしのことを思うと、どうしても意趣返しをしておきたかったのさ。だが、所詮は、憂き世の戯事《ざれごと》だ。けっこう楽しめたよ。だけどなあ、たいしたことない手妻《てづま》に、ころっと騙《だま》されるんだから、公儀の政《まつりごと》は大丈夫なのかね」

手妻とは、手品のことである。

せせら笑う玄漠に、

「お、おのれ……よくも、わしを愚弄《ぐろう》したな」

忠成は、額に青筋を立てて玄漠を睨みつけた。

玄漠の手妻を見せられた忠成は、それが祈禱のおかげだと思いこみ、ころっと信じてしまったらしい。

玄漠は、祈禱師でありながら、かなり優秀な手妻遣いでもあるようだ。

「ここは一つ穏便に……このことが、幕閣に知られるとまずいのではないかと思うのですが」

陣九郎の言葉に、忠成は、うなっているばかりとなる。

「このような祈禱に頼らず、医者にまかせるのがよろしいかと」

「うるさい、お前の知ったことではない」

忠成は、玄漠を睨みつけながらも、陣九郎に怒鳴った。

「はい、では口をつぐみます。ですが、お社を建てるために、住んでいる者たちを追い出すのは、止めていただきたいのです。その者たちは、このことを知ったら、忠成さまを、いや、大久保家を呪うことでしょう。そうなったら、ただでは済みません。なんとか、元通りにして、出ていった者も呼び戻すようにしていただけないでしょうか。それが功徳だと思うのですが」

陣九郎の説得に、忠成は肩を怒らせ、憤怒の形相のまま黙っていた。

だが、しばらくすると、肩は落ち、顔も苦い表情になり、

「わかった。すべて元に戻すよう、取り計らってやる」

忠成は、立ち上がった。

「この祈禱師をつまみ出せ」

いい放って、座敷から出ていった。

「あーあ、実の子に、なんと冷たい仕打ちなんだろうねえ」

玄漠は、両腕を抱えられて連れ去られながら、大声で悪態をついた。

五

土地の立ち退きの話はなくなったと、喜八がいいにきたのは、陣九郎が大久保忠成の屋敷にいった二日後のことだった。

「いったいなにがどうしたか分からないが、すべて元通りだそうだ。渡された金も返せといわれたよ。なんという無体な」

喜八は、ぶつぶついいながら、雨の中、傘を差して帰っていった。

その夜は、陣九郎の部屋で、追い出されずに済んだ祝いの酒宴となった。

「なんだか、わけのわからねえ話でやしたねえ。そんで、その祈禱師はどうなったんでやすか」

金八が訊く。

「京に帰っていったようだ。意趣返しとはいっても、どこまでいっても終わりがないのだから、ここで済んでほっとしているのではないかな。自分のことをあっけなく信じてしまったので、戸惑っていたということもあるのかもしれん」

「そんなもんですかね。そんで、あの女は、なんなんですか。玄漠を女と知って抱かれてたんですかね」

「そのようだな。俺が大久保家の屋敷を出たあとに、玄漠と出くわしたのだ。俺を恨んでいるのかと思ったら、そうでもなさそうだった」

大久保忠成の屋敷を出た陣九郎は、武家屋敷の海鼠塀《なまこ》にもたれて、こちらを見ている玄漠に気がついた。

どうやら、陣九郎と話がしたくて、待っていたようである。

「あんたに恨みはないよ。あそこでとめてくれてありがたいと思っているくらいさ。だってね、いくら意趣返しだといっても、いたいけな童《わらべ》を巻きこんで、どうにもいたたまれなかったのさ。それに、忠成が孕ませ、生まれることのなかった水子が、本当に俺に乗り移っていたような気がしたことがあるのさ。少し怖かったよ」

玄漠は、ほっとした表情でいうと、

「あの女と京に帰るよ。悔しいけど、あんたには、見事にやられた。だけどね、覗き見はよくないですよ。そんなことをしていると、ろくな死に方はしない」

にやりと笑っていったのを思い出す。

「玄漠という女……いや、自分は男だと思っているから、男だといってやるが、あの男に、公儀の老中が、源兵衛が、そして俺たち皆が踊らされていたというわけだ」

陣九郎は、これまでのことを思って溜め息をついた。


長屋が、このまま残ると知った弦次郎は、あわてて荷物をまとめ、有り金全部を懐に入れると、酒盛りの声をあとに、こっそりと長屋を出ていこうとした。

茂吉に長屋を出ることを止められていたせいで、これまで出る機会を逃していたのである。

朝から降っていた雨は、夕方にはやんでいたが、足元はぬかるんでいる。

足元を見ながら歩き、木戸を出たところで、

「あっ、ごめんなさいよ」

お千とぶつかった。

にっこり笑って、お千は辞儀をすると、長屋へ入っていった。

早く去ってしまおうと、弦次郎は足を速めた。

ところが、一町もいかぬうちに、どうも懐が軽いことに気がつく。

「うわわっ」

懐に入れた財布がない！

「そ、そうだ、あの女だ」

落としたとは思えないから、ぶつかったときに、お千に掏《す》られたに違いない。

あわてて取って返すが、お千は部屋にいない。

「逃げたか」

怒りに身体を震わせていると、

「きゃはは」

お千と思われる嬌声が、陣九郎の部屋から聞こえてきた。

「ううむむ」

弦次郎は、陣九郎の部屋へいく勇気が湧いてこない。

しかも、お千が掏ったとすれば、もうどこかに隠してしまっていて、知らぬ存ぜぬでとおされるだろう。そうなったら、掏られたといい張っても、無駄だ。

弦次郎は泣きたい気持ちのまま、部屋に戻った。

少なくとも、その部屋に住んではいられる。店賃は安いし、遅れても、よほどでなければ催促はない。

なるべく長屋の連中に、とくに陣九郎に会わないようにすれば、暮らしていける。

弦次郎は横になって、敷きっ放しで捨てていくつもりだった蒲団にくるまった。

それから数日後。

空は晴れ渡り、強い陽差しが照りつけている。

陣九郎は、曲斬りの帰りに、鎌吉を見かけた。

なんと、芝居小屋の呼びこみをしている。

「おや、木暮の旦那じゃねえですか。お千は元気にしてやすかね」

目ざとく見つけて声をかけてくる。

声を張り上げていたせいか、顔は汗まみれだ。

「ああ、元気だとも。羽振りもよいぞ」

すると、鎌吉は声をひそめて、

「あんまり派手にやると捕まるぜといっておいておくんなさい」

「お前のほうは、なにをしているのだ」

「見てのとおり、呼びこみやってんですよ」

「ずっとやるつもりなのか」

「前からやってた弥七《やしち》さんが風邪っぴきなんでね。治ったら、おいらは裏方で雇ってもらうことになってんですよ。おいら、昔っから芝居が好きでね。村にくる旅芝居を首を長くして待ってたもんです。涌井さまに命じられて江戸に出てきて本当によかったなあと思ってるんですよ、いや、ほんと」

涌井帯刀に命じられ、刺客の手先としてやってきたところ、思いがけなく江戸の水が合ったようだ。

鎌吉が、自分を狙っているのではないかと、一抹の不安があったが、それが払拭されて、よい気分だった。

鎌吉に自分が刺されるとは思わなかったが、咄嗟《とっさ》に斬ってしまうことを恐れていたのである。

夕方の風は、日中よりは涼しく、陣九郎は一日の疲れが少し癒される気がした。

竪川の川岸に出ると、また一段と涼しくなる。

目を細めて歩いていると、爽やかな風に剣呑《けんのん》な気配が混じった。

「食らえっ」

川岸の土手から、飛び出してきた男が、匕首《あいくち》を持って身体ごとぶつかってきた。

陣九郎は、咄嗟に商売道具をくるんだ筵《むしろ》で、匕首を受け止めようとした。

「わっ」

男は、筵を払いのけようとして手許が狂った。

足がもつれて上体が先へいってしまい、すってんと前のめりに倒れてしまう。

「おい、大丈夫か」

陣九郎が声をかけるが、男はうめいて声も出ない。

膝をついて顔を見れば、狐目の若い男だ。

「おい、たしか……源兵衛のところの」

茂吉だった。

「うう……」

苦しげにうめく茂吉の身体の下から血が流れだしている。

筵を払いのけようとして匕首が手から離れ、倒れたときに、その匕首が胸に突き刺さってしまったようだ。

茂吉は、すぐに事切れてしまった。

あとで分かったことだが、源兵衛は、大久保忠成が土地を買うのをやめたと知り、気が抜けてしまったそうだ。

途方もない願望が叶えられなくなって、落胆したのだろう。毎日、浴びるように酒を呑んでいたという。

そのせいか、ある日、いきなり倒れたまま息を引き取ってしまった。

茂吉は、源兵衛の右腕だった。それだけ信頼も篤《あつ》く、自身も源兵衛を父親のように慕っていた。

源兵衛の死が、あのしつこい浪人のせいだと思いこみ、意趣返しをしようとしたのである。

後日、文太郎から源兵衛と茂吉のことを聞き、茂吉が襲ってきたわけを知った陣九郎は、

「まあ、それも当たらずとも遠からずか」

溜め息まじりにいった。

おひさの思慕を知った文太郎は、自分もおひさを好きになっていることに気がつい

た。おひさを嫁に迎えたいと庄右衛門に訴え、快諾を得ると、二人は祝言を交わすこととなった。

文太郎とおひさの祝言は、店でささやかに行なわれたが、からけつ長屋の面々も招待された。だが、丁重にお断りをして、その代わりに、長屋で、改めて祝いの酒宴を催したのである。

「いやあ、めでたいなあ」

磯次が、目から涙をはらはら落としていった。

「お前、そんなに涙もろかったか」

金八が呆れた顔でいう。

「だってよ、故郷の妹が嫁いだような気分になっちまったんだよ」

「妹がいるのか」

「いねえけどよ」

皆が、どっと笑う。

陣九郎は、上座に並んで座った二人を見て、似合いの夫婦だと思った。

ゆくゆくは、文太郎が高城屋の身代を継ぐことになる。

庄右衛門は、頼もしい息子としっかり者の嫁がいて、これ以上の幸せはないといっているそうだ。

もう後妻はこりごりのようである。

そして、からけつ長屋の面々は、いつものように額《ひたい》に汗をして働き、夜になると、酒盛りを始める。

姿は見かけないが、弦次郎はまだ長屋にいるようだ。

お千は、料理屋梅仙で働いていると、いまだにいいつづけており、あいかわらず羽振りがよい。

陣九郎は、今度こそは、お春に想いを打ち明けようと決めている。

その今度がいつかは、誰も知らない。

ひょっとすると、お春が先に口説いてくるかもしれないのだが……。

花舞いの剣

一〇〇字書評

切・り・取・り・線

購買動機（新聞、雑誌名を記入するか、あるいは○をつけてください）	
□（　　　　　　　　　）の広告を見て	
□（　　　　　　　　　）の書評を見て	
□ 知人のすすめで	□ タイトルに惹かれて
□ カバーが良かったから	□ 内容が面白そうだから
□ 好きな作家だから	□ 好きな分野の本だから

・最近、最も感銘を受けた作品名をお書き下さい

・あなたのお好きな作家名をお書き下さい

・その他、ご要望がありましたらお書き下さい

住所	〒				
氏名		職業		年齢	
Eメール	※携帯には配信できません		新刊情報等のメール配信を 希望する・しない		

この本の感想を、編集部までお寄せいただけたらありがたく存じます。今後の企画の参考にさせていただきます。Eメールでも結構です。

いただいた「一〇〇字書評」は、新聞・雑誌等に紹介させていただくことがあります。その場合はお礼として特製図書カードを差し上げます。

前ページの原稿用紙に書評をお書きの上、切り取り、左記までお送り下さい。宛先の住所は不要です。

なお、ご記入いただいたお名前、ご住所等は、書評紹介の事前了解、謝礼のお届けのためだけに利用し、そのほかの目的のために利用することはありません。

〒一〇一－八七〇一
祥伝社文庫編集長　坂口芳和
電話　〇三（三二六五）二〇八〇

祥伝社ホームページの「ブックレビュー」からも、書き込めます。

http://www.shodensha.co.jp/bookreview/

祥伝社文庫

花舞《はなま》いの剣《けん》 曲斬《きょくぎ》り陣九郎《じんくろう》

平成24年 6 月20日 初版第 1 刷発行

著 者 芦川淳一《あしかわじゅんいち》
発行者 竹内和芳
発行所 祥伝社《しょうでんしゃ》
東京都千代田区神田神保町 3-3
〒101-8701
電話 03(3265)2081(販売部)
電話 03(3265)2080(編集部)
電話 03(3265)3622(業務部)
http://www.shodensha.co.jp/
印刷所 堀内印刷
製本所 ナショナル製本
カバーフォーマットデザイン 中原達治

Printed in Japan ©2012, Junichi Ashikawa ISBN978-4-396-33772-8 C0193